昨日、助けていただいた魔導書です

エルディーナ
超古代文明時代の最高神だったが、
今ではほとんど信仰が衰えている。
ムルムルに一方的な敵愾心を向け、
監視と称して泪の森に住みつく。
キリュー
ムルムルを熱狂的に信仰するエ
ルフの神官。こそこそとムルム
ルのグッズを作成している。カ
リリなるスパイス料理が得意。

誰も住まない
「汨の森」に集結した
こじらせガールたち!!
神&神、最高神官エルフと、
ただのポスドク…。
アルルカ
うだつのあがらないポスドクを60年続ける苦労人。専攻は超古代文明語で、発表した論文数だけは超一流。誰も住まない汨の森の住人。
ムルムル
超古代の魔導書が人間の形に発現した存在。アルルカに助けられて以来、彼女の母親役を買って出る。ラメーンなる麺料理をこよなく愛する。

「ムルムルのことをもっと知りたい」
「つーか、全部知りたい。どんな著者が書いたのか、

当時の出版事情はどうなってるのか、全部知りたい！」
どんな時代背景で出版されたのか、

イシハンヌ教授
アルルカの指導教授。
ハスカーン
アルルカの大学の後輩。ポスドク5年目。

「先輩、大量にお酒を持ってきました。
今日は朝から酔いましょう。
今日の研究は中止です！」
「その心意気は買うけど、
花が咲き誇ってるんだから、
そっちの感想がまず一言ほしい」
泪の森の大花見!!

CONTENTS
目次

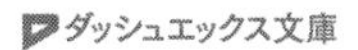

昨日、助けていただいた魔導書です

森田季節

第1話

魔女、魔導書に料理を作ってもらう

記憶にはないはずなのに、たまにその夢を見る。

私は言葉もろくに話せない幼子で、顔どころか名前も知らない母親に抱かれている。

夢の中の私は言葉も話せないし、その母親の顔もよくわからない。

なのに、私はその女の腕をとても温かく感じて、無邪気に笑っている。何も怖いことなんてないというように、笑っている。

きっと、あまりに知らなすぎるのだ。怖いことだって知らないのだ。

母親の口元だけは見える。彼女も微笑んでいるようだ。

だけど――

最後に夢の中で彼女は、つぶやく。

「――ごめんね、アルルカ」

そして、私は今日も夢から覚める。

自分のベッドですらない。ベッド横の勉強机で寝落ちしていた。

「また、途中で寝てた……」

今、やってる研究は、私が見ても複雑でいろいろこんがらがっている。

「まあ、後は研究室でやるか」

私の名前はアルルカ。魔女の一人だ。

マクセリア魔女大学の博士課程を六十年前に卒業した。

で、今も研究室を聴講生という身分で使っている。

つまり、博士課程を終えてから、六十年間、どこの大学にも博物館にも資料館にも就職できてないということだ……。魔女が不死の法を得ていて、超長命とはいえ、こんなに就職できないのは異例中の異例である。

人はこういった存在を、ポスト・ドクター――略してポスドクと呼ぶ。

★

もわっ……。

「負の空気が漂って（ただよ）いる……」

私は研究室のドアを開けて、つぶやいた。

いくら部屋に魔女ばかりがいるといっても、ここまでどんよりしている必要はない。

「こんにちは」「アルルカ先輩、こんちゃっす」「どもー」

研究室内の学生や修士課程や博士課程やポスドクの魔女たちが、私に声をかけてくる。

「はいはい、こんにちはー」

私はやけに横に長い机の定位置の席に座る。

その後ろには、ずらっと辞典や基礎的な研究書が並んだ本棚が置いてある。

ここはマクセリア魔女大学の古代文明語研究室。

研究者として独り立ちしたい魔女たちが集(つど)っている。

私、アルルカもそのうちの一人だ。

ノートを何冊も開いていると、後ろから人がやってきた。

この研究室の中でも一際(ひときわ)、存在感が強いから誰かすぐわかる。

「アルルカ君、新しい論文のほうはどうなってるかしら？」

この研究室の首領(ドン)、イシハンヌ教授だ。

年齢はたしか百三十歳ぐらいだったか。魔女は実質、不老不死なので、見た目で歳がわからない。教授もまだまだ一般社会だと二十代で通用するし、むしろそのへんの二十代女性より、はるかにフェロモンが出ている。女子大だからあまり意味ないが。

「はい、新しい単語が二つ解読できたので、それで論文を書こうかと。年度内に五本目の論文として出せそうです」

「うんうん、いいわね、いいわね」

ぽんぽんとイシハンヌ教授は私の肩を叩(たた)いて、顔を近づけてきた。

「一年で五本っていうのは相当な数よ。業績としてはもう申し分ないぐらい、溜(た)まってきてる。アルルカ君は本当によくやってるわ」

こうやって褒(ほ)められることに意味はない。それは私も痛いほどわかってる。

　でも、私は単純だからそれなりに喜んでしまう。

「ええ、ポスドクだろうと研究者ですから！　これからもいい論文を出していきます！」

　よし、教授に褒められたし、今日中にいいところまで仕上げ――

「業績あるのに就職先がないから問題なんですよ」

　あきれたような声によって、水を差された。

　私たちの横にはいつのまにか、後輩のハスカーンが立っていた。

　だいたいいつもマスクをしている、ポスドク五年目の新進気鋭の若手研究者だ。今もマスクをしている。

　なお、大学や博物館に就職できてない研究者は、たいてい本などで「新進気鋭の若手研究者」と表現される。ポスドクを六十年やってる私でもなぜか若手扱いになるらしい。

「教授、いいかげんアルルカ先輩をしかるべき職につけて追い出してくださいよ。この研究室において、最も負の空気を発してるの、アルルカ先輩なんですから。いくらなんでもポスドク期間が六十年とか前代未聞(みもん)ですよ」

「それは無理。だって、私に教え子をどこかの准教授(じゅんきょうじゅ)にねじ込むなんて権力はないもの」

　胸を張って、イシハンヌ教授は言った。

「古代文明語なんてマイナー研究室を舐(な)めないで。研究費もボディーブローみたいに削られてるんだから。ふふふふふっ！」

「教授、開き直りすぎですよ……」とハスカーンが思いっきりあきれていた。

ハスカーンはいつも白けたような顔をしているので、よくない。マスクのせいで、そんなに見えないが。白けてるほうが賢く見えると勘違いしている。偏差値的には同じ大学の研究室だから、そこまでの差はないぞ。

「ところで、ハスカーン君、ご実家への帰省はどうだったの？」

「地元向けに薬草売って、細々と暮らしてました。驚くほど何も変わってないですね」

「そう、それはよかったわ。リフレッシュして、また研究に邁進してね。博士論文の『コントト方言における考察』みたいなのをまた期待してるわ」

「はい、ハスカーンもやれるだけやります」

それで教授は自分の席に行ってしまったので、話は終わった。

しかし、今度はハスカーンが私の肩を叩いてきた。

「何？　前の研究室飲み会ではお金借りてないぞ」

私はけげんな顔をして、ハスカーンのほうを見た。

「お金のことじゃありません。ちょっと、中庭に来てもらえます？」

古代文明語研究室が入っている文学部棟は□型をした校舎で、その真ん中に大きな中庭がある。

研究に行き詰まった学生がここのベンチでぐったりしてたり、猫を餌付けしていたりする。

私も何度もベンチでぐったりしていたことがある。

念のため、あまり学生がいない場所まで移動した。

「で、何の用？」

呼び出されたってことは、あまり聞かれたくないような話ということは想像がつく。

「アルルカ先輩、はっきり言いますよ」

ハスカーンの視線が鋭い。

これは決闘でも申し込まれるのだろうか。なんか、気分を害することでもしたか？

「何？　逃げも隠れもしないから言えば？」

中庭はほかに話している魔女もいないから、とても静かだった。

ごくりとハスカーンが唾を飲んだ音まで聞こえた。

「先輩――研究者として食っていくのは諦めて、普通に就活するべきです！」

「余計なお世話だっ！」

すぐに私は言い返した。

「なんだ、そのそこらへんの一般人でもしそうなアドバイスは！　それをポスドク五年目の魔女に言われたくない！」

「いや、ポスドク六十年の魔女が、五年目のハスカーンと同列と思ってるほうがおかしいですよ！　五十五年の差ですよ⁉　先輩がポスドク生活始めた時点でハスカーンは存在もしてませんからね？」

「それは、まあ、そうだ」

ポスドク生活が十年過ぎたあたりから時間の概念がおかしい。

「冷静に考えてください。先輩の業績は教授が言うように、それなりに立派なものなんです。それはこのハスカーンも認めてます」

「じゃあ、いいだろ。私はこのまま我が道を行くから。さらに業績を積むから」

「それでも研究者として就職できないぐらい、詰んでるってことですよ！　気づきましょうよ！」

そこで、ハスカーンは息を大きく吸い込んで、こう続けた。

「古代文明語ですらつぶしがきかないのに、先輩の分野は『超』古代文明語じゃないですか！　職なんてあるわけないですよ！」

そう。

私の研究しているのは古代文明語ではなく、さらに数段階マイナーな超古代文明語。

超古代文明語とは一言で言うと、かつて世界に存在していたとされているアトランティス大陸の言葉だ。

なお、アトランティス大陸があったかどうかすら、よくわかってない。

大陸も超古代文明も架空のものだと考えてる人間も珍しくない。

だから、超古代文明語の研究も超ニッチなのだ……。

でも、はっきり言おう。

超古代文明は存在した。

なぜかというと、私の中のパッションがそう叫んでいるからだ！

物心ついた時には身寄りのない子供たちの施設に入れられていた私は、そこに寄贈された図書の中の超古代文明に関する一連のコレクションに魅了された。

謎の超古代文明は必ず存在する！

なにせ、各地には超古代文明を記した断片——超古代文明語が現存しているのだ。

「ハスカーン、私は超古代文明語を完全に解明して、アトランティス大陸が実在したことも、それがどんな文明だったかも証明してやるから！　だから、こんなところで諦めない！　まだ研究を続ける！」

私はそう断言してやった。

後輩に言われたぐらいでやめるほど諦めがよかったら、こんなにやってない。

「ですよね～」

「そこはあっさり引き下がるのかよ」

じゃあ、何のために就職しろなんて言いだしたんだ？

「先輩、このハスカーンがなんで帰省してたかわかりますか？」

ハスカーンは寂しそうに笑った。

「母さんに言われたんです。ポスドク五年でまだ就職もできないんだったら、もうその道はないから薬草の店を継げって」

ああ、ポスドク五年でも世間的にはそういう扱いなのか。

「けど、先輩がもっと狭き門――いや、壁と戦ってるのを見てたら勇気が湧いてきました」

「せめて門にしろ」

壁だったら開くことすらないだろ。

ハスカーンは手を伸ばしてきた。

「先輩、一緒に何百年でもポスドクやってやりましょう！」

「できれば『一緒に教授になりましょう』とかにしろ」

それでも私はハスカーンと握手をかわした。

結果的に、後輩の背中を押せてよかった。

……でも、実は私は複雑な気持ちだった。

母親が本当に娘のことを思って、そう言ってくれたのなら、それも正しいのかも。

私には親がいない。帰省する故郷もない。だからポスドクをやってる面もある。

けど、そんなことをハスカーンに言うのは反則だ。

Good!

愚痴（ぐち）っぽくならないうちに中庭を離れた。

しばらく一人になりたくて、大学の裏側をあてもなく歩いた。

パチパチと火が上がる音がしている一角があった。

大学職員が不要になった古い名簿だとか、大昔の教科書だとかを火の中に投げ入れていた。

貴重な資料は残しておかないといけないが、大学ともなると毎年、処分しなきゃならない本や紙の数もとんでもない量になる。

冬場の十二月ということもあって、たき火感覚で暖まっている魔女もいる。

まだまだ焼く書類はヒモで縛られて、たまっている。当分、このたき火は続きそうだ。

ふと、あることを思いついた。

「古書店に売ったら、高値で買い取ってくれる本でも交じってないかな？」

私はセコい発想で焼却予定の書類のヒモをゆるめた。

ここに入れられてる時点で所有権は放棄（ほうき）されてるから、持って帰ってもいいだろう。

でも、ろくなものはない。十年前の就活ガイドブック、二十年前の国家試験の参考書。

どれも今の時代に読む価値が完全になくなってしまった哀（あわ）れな書物だ。

しかし——

その中に私の目に留まる本が交じっていた。

やけに豪華な革で造られているのも気になった理由だが――

その本のタイトルが超古代文明の文字と思しき、妙な文字でこう書かれていたのだ。

『虚無の書』

書かれていたというか、その「虚無」にあたる名詞はちょうど最近、私が各地の超古代文明の言葉らしきものを比較検討して、そう読むべきものだと解釈した文字列だった。

私が今、論文にまとめている内容が正しいなら、それは『虚無の書』という意味になる。

超古代文明語について書いた本は、まともな研究書から、うさんくさすぎる妄想レベルの本までチェックしてきたつもりだったが、そんな本は見たことがない。

だいたい、タイトルが超古代文明語だったら、タイトルも読めないぞ。

「ポスドクだろうと、研究者のプロだ」

私はその一冊を抜き取った。

超古代文明語の研究者が超古代文明語の本が焼かれるのを見過ごすな。

私は本を抱えると、店じまいする直前の市場に行って、半額惣菜をまとめ買いし、泪の森にある自宅へと、ホウキに乗って持って帰った。

なお、泪の森というと、不吉っぽい名前だが、とてつもなく凶悪な花粉をまき散らす古い杉があって、わずかでも花粉症のケがある人は絶対に泣いてしまうことから名づけられている。

魔女大学には花粉症対策の薬も作っている学科があるから大丈夫なのだ。

まあ、それでも住んでるの、私だけなんだけど……。

その日の夜、例の『虚無の書』を開いてみたが――

「まったく、何が書いてあるかわからん！」

超古代文明語と言われている文字に近いものもあるが、ほとんどの部分が謎だ。

だいたい、一冊の本を書けるほど超古代文明語がまとまって残っていたら、もっと研究だって進んでなきゃおかしい。

わかるところといえば、冒頭にある挿絵のところだけだ。

長い髪を両側でまとめた、いわゆるツインテール型の少女が何冊も本を持って、突っ立っているイラストである。ただ、それが何を示しているのか、まったくわからん。

「『僕の考えた超古代文明語で書いた変な本』ってところだろうな……」

ベッドで寝転がりながら読んでいたけど、ちっとも読めないので諦めて寝てしまった。

そして、こんな夢を見た。

★

夢の中で私は八歳ぐらいの子供だった。

だとしたら、ここは施設だろうか。ベッドでぐっすり眠っている。

でも、眠っているはずなのに、外部の音が聞こえる。そこは夢だから矛盾しないのだろう。

台所らしきところから、何かを作っている音がする。

――ジャー！　チャン、チャン！　ビジャーッ！

私が入っていた身寄りのない子供の施設では、台所は遠くて、そんなふうに調理の音は聞こえてこなかった。それにこの夢みたいに一人部屋でもなかった。

だとしたら、これは私の願望か。

私は母さんを求めているんだな。

古い言葉を研究しようと思ったのも――母さんの代わりに今の自分につながる過去のものを知りたかったからかもしれない。

もし、施設で育てられている時に、どこかの家族に養女として引き取られていたら、私の人生もまったく変わっていたんだろうか？

――ジャーッ、ジャー！　グデュグデュグデュ！　チャン、チャン、チャン！

台所の音、やけにリアルだな！　ディテールが細かい！

そこはジュージューとか鍋がコトコト鳴るとかぐらいでいいだろ。

夢の中で誰かの声がする。

――アルルカ、ごはんよ、起きなさい。

ああ、この夢では母さんがいるんだな。

夢の中の私が目を開けたと同時に――その夢は覚めた。

「また、寝落ちしてしまった……」

『虚無の書』とかいう妙な本を読んでる間に寝ていたんだな。

ただ、不思議なことに本が手元にない。

無意識のうちに本棚にでも入れたか？　それとも床に落とした？

いや、もっとおかしなことが起きている。

夢で聞こえた調理音が台所のほうからしている……。

「火をつけたまま寝た？　ううん、昨日は半額惣菜買って冷めたのを食べただけだ……」

だったら、誰かが台所にいるということになる。

恐る恐る、台所のほうに向かう。

本当に誰かが台所に立っている。

そして、その誰かはゆっくりと顔をこちらに向ける。

見た目十二歳ぐらいの少女だ。

魔女大学の人間は実年齢と見た目年齢がズレていることが珍しくないため、冒頭に「見た目」と付けて考えてしまう。

純白のワンピース姿で、庶民という感じはない。あと、髪型も子供っぽいツインテールである。あと、私が長らくまともに使用してないエプロンをしている。サイズ、その子には大きすぎるが。

しかし、やけに既視感がある。

ああ、そうか……。

あの『虚無の書』に描かれていた少女の絵とそっくりだ。

でも、どういうことだ……？

本を開くだけで召喚できる精霊なんて聞いたことがない。

「おお、起きたか。今、あったかい朝食を作っておるからの。もう少し待つのじゃ」

元気な笑顔でその少女は言った。

「ええと…………率直に言って、誰？　しかもなんで料理作ってるの？」

「わからんか？　昨日、そなたに助けてもらった者じゃ。だから、そなたに恩返しをしようと思うての」

「昨日、人を助けた？　そんなことしてないと思うけど」

だいたい、私が助けたと感じなくても、相手がそう認識しているぐらいなら、面識程度はなきゃおかしいだろう。

「いやいや、危ないところを救われたのじゃ。誰にも開かれんうちに大ピンチじゃと焦ったのじゃが、そなたに拘束を解いてもらえた」

「拘束？　誘拐犯に縛られてる人間なんて助けてないぞ……」

「そなた、ここまで言ってもわからんのか？」

少女はちょっとあきれた顔になって、自分の顔を指差した。

そして、こう言った。


「余はそなたに救われたあの本――『虚無の書』じゃ！」


私は思わず、一歩後ろに引いた。

それから、もう一度、一歩前に進んだ。

「なるほど――と信じかけたけど、そんなわけないだろ」

今度は私があきれた顔をする番だった。

「じゃあ、何？　こんな時代に偶然、超古代文明時代の本が奇跡的に残っていて、それを私が見つけ出して、その本は人の姿をとれるって言いたいの？　そりゃ、超古代文明が実在したことは信じてるけど、そこまで妄想にひたる気はないよ」

それじゃトンデモ研究者もびっくりだ。私はこれでも実証を重んじる側なのだ。

「可哀想に……。現実の波に呑まれて、夢を見ることさえ忘れてしもうたか……」

「おい、どこの誰か知らないけど憐れみの目で見るのやめろ」

「夢の中で、『母さん……』と呼んでおったのを聞いたので、恩返しのつもりでそなたの母さんになるつもりで、料理を作っておったのに……」

「げっ、寝言言ってたのか。それは忘れて……」

一人暮らしだから本来絶対に聞かれないはずの、寝言を聞かれてしまった。

「とにかく、あの『虚無の書』ですと言われても、信じられない。魔女でもできることとできないことがあるし。もしかして、こっちに引っ越してきた学生とか？」

長らく泪の森に住んでる魔女の学生はいないが、廃村の空き家を許可を得て借りることで、家賃も0ゴールドですむから新人が増えてもおかしくはない。大学からはそこそこ遠いが、食費を稼ぐだけで暮らせるのは強い。

「……わかった。じゃあ、本の姿に戻ってみせよう。それなら、信用できるじゃろ？」

少女は提案しながら、ずんずんこっちに詰め寄ってきた。

「変化の魔法の可能性もあるけど、革の材質とか表紙とかそれなりに覚えてるし、見分けはつくな。よし、それでいい――」

「よし。戻るのじゃ」

やけに近づいてきていた少女が、目の前であの『虚無の書』に変わった。

同時に心にこんな声が語りかけてくる。

『どうじゃ？　ついでにそなたの心に話しかけておる。そろそろ信じてくれるかの？』

まさか、本当に、あの子はその本――

そのまま本は落下した。

そして、私の足に角から落ちた。

「――――っ！！！！！！」

私は声にならない声をあげて、片足でしばらく室内を動き回ることになった！

もう、『虚無の書』は少女に戻っている。

「そなた、余を『虚無の書』じゃと信じるな？　よいな？」

「うん、いい、いい！　それでいい！」

「なんか、投げやりじゃな！」

冬のある日。

私の生活に激変がおとずれることになりそうです……。

魔女、魔導書にイメチェンされる

私はじぃ～っと、机の椅子に座って、『虚無の書』と名乗った少女を見つめている。

台所から私の部屋に移動してもらった。台所は込み入った話には向かない。

家に突然、人間が増えたのだ。それ以外のことに注目しろと言われても無理だ。

「なんじゃ、やけに見つめてくるのう。この時代では余は独特の顔なのか？」

目の前の少女は、きょとんと首をかしげてみせた。そのしぐさはやっぱり子供だ。私にもこんなかわいい頃があったのだろうか。あったと思うが、性格が悪かったせいか、もっと小憎らしかった気がする。

私は机に置いてあるノートとペンをさっと取った。

それから、自称『虚無の書』の前に立つ。

「質問したいことが湯水のようにあるので、一問一答式で答えてほしい」

知的探求心というものもあるが、目の前の相手が何者かわからないのは危険だ。

「質疑応答の時間じゃな。よいぞ。そなたもわからんことばかりじゃろうしのう。それに余は余でわからぬことばかりじゃ。自分でもどれほどの時間、じっとしておったかわからん」

少女は私がさっきまで寝ていたベッドにちょこんと腰を下ろした。

「え～、では第一問目ね。あなたの名前を教えて」

「合コンの冒頭みたいじゃな」

この魔導書、合コンはわかるのか。

まずは自己紹介的な意味でも名前を知らないと。呼びかける言葉も不明ではいいコミュニケーションはとれない。フィールドワークでも、まずは相手と仲良くなるのは必須だ。

「ちなみに私のほうの名前は――」

「――アルルカじゃろう。すでに起きておるからのう。その間に、ざっと確認することは確認させてもらったのじゃ」

「個人情報が漏れている！」

いや……そんなしょうもない次元のことで困惑している場合でもないな。

「マクセリア魔女大学の聴講生を六十年続けておるのじゃな。なんと勉強熱心な奴じゃ」

その部分もバレていた。

「悠久の時間を本として過ごしてきた余ほどではないが、気の長さは研究者には必要な気質じゃからのう」

「あ……それは好意的な解釈すぎるんだけど……まあ、いいや。それであなたの名前は？」

「書名は『虚無の書』じゃ」

私の考えてたのとは違う返事が来た。

「図書館で検索するわけではないので、書名じゃなくて、あなたの名前」

「いや、余は生きている書物じゃから、名前は書名の『虚無の書』で合っておる。呼びづらいのなら、『虚無』とでも呼んでくれ」

そんなん、呼ぶたびに目の前の少女の人権を踏みにじってるような気分になるわ。

「そしたら、今から呼び方を考えるね。好きなフルーツとかある？」

「本のままじゃったから食べたことがない」

あ、そうか。ううむ、どう聞いたものか。

「じゃあ、興味のあるフルーツはある？」

「ヒルヤンニーラじゃの」

「何語だよ」

「アトランティス大陸の言葉じゃ。むっ、この時代では、栽培されておらんのか……。世界一まずいフルーツらしいので、一度食べてみたいと思うておったのじゃが……」

それはまずすぎるから生産されなくなったのではなかろうか。

「ヒルヤンニーラは名前に向かないから、ほかのフルーツ名にして」

「そしたら、テグトミハルエンはあるかのう？」

「多分、それも絶滅したやつ！」

困った。これは私が名前を便宜的にでも決めないといけない流れか？

でも、なんか責任重大だから、できれば回避したい。

かといって、この子に自由につけてもらったら、テグトミハルエンとかになってしまうかもしれん。毎回、テグトミハルエンは言いづらすぎる。

「ふうむ、困ったのう。余の知識は本に書いてあることに限定されておるので、フルーツの名前も限りがあるのじゃ……」

少女はベッドに座りながらうなっている。真剣に考えてはいるらしい。

「フルーツというと、あとはゴルドニビンデイ、それから、セホライーデンスと……」

どっちもかわいさのかけらもないな……。

「あとは、ムルムルじゃろ……」

「それに決定！　ムルムルで！」

それまでの案が論外だったので、ものすごくいい名前に聞こえた。

「余はムルムルという名前になったということか？」

ムルムルは自分の顔を人差し指で差した。

「うん、こっちの便宜も考えて、それに決めます」

「わかった。今から余はムルムルじゃ！」

元気よくムルムルは笑ってくれた。なんか、急に子供の保護者になったみたいな気がした。

私、年齢的には孫ぐらいいてもおかしくない歳だしな。

「よし、呼び名が決まったところで、ここから本格的に質問を――」

「それは後じゃ！」

ムルムルはベッドから降りて立ち上がった。

「その前に朝食じゃ。あったかい朝食を作るから、アルルカ、そなたはしっかり食べよ」

そういえば、音が台所のほうから聞こえる。調理中のままだったらしい。

「まあまあ、ごはんは後回しでいいから、ムルムルにいろいろ聞きた――」

「だ～め～じゃ！」

爪先立ちになって、ムルムルは少し厳しい顔で、私に顔を近づけた。

「何？　私の顔、アトランティス大陸の時代と比べると変？」

「調べたかぎりじゃと、魔女は不老不死のはずじゃ。なのに肌に張りがない。髪にもうるおいがない。食生活か生活リズムのどっちかが無茶苦茶な証拠じゃ」

うっ……。それは正解だ……。

「調理前に台所を見たが、最近食べたものも、半額惣菜とかばっかりじゃったな。中には、パンをかじっただけの日もフライだけの日もあった。朝食は面倒だから抜いておる日も多いじゃろ？」

「短時間に詳しく調べすぎていて怖い」

探偵かストーカーのどっちかかよ。

「よいか。充実した一日のはじまりは朝食からじゃ。あったかいメニューがそろそろできるから、着替えてダイニングで待っておれ！　余はそなたの母親になるぞ！　それが余の恩返しじゃ！」

そう言うと、ムルムルは私の部屋を出ていった。

いつも大学に行く時の黒ローブに着替えて、ダイニングに行く。

朝起きたばかりの時は気づかなかったが、テーブルに放置していた総菜の包み用の葉っぱもきれいに片付けられている。床に散らばっていたゴミも捨てられている。

「掃除までしてくれてたんだ……」

ムルムルは私の母さんになると言っていたが、本気なのかもしれない。

ダイニングからは背伸びをしながら、湯気の出ている巨大な鍋をいじっているムルムルの背中が見えた。

そういえば、お母さんの手料理というものにあこがれたことはあったな。

たとえば、こんがり焼いたパンにサラダ、あとはハムと卵を炒ったやつ。シンプルだけど、朝から気合いが入るやつだ。

そんなものを作ってくれるなら、喜んでいただこう。

キッチンから「できたのじゃ！」という声がした。

「さあ、余特製の元気いっぱいセットなのじゃ！」

そしてお皿が並んだトレーをムルムルがテーブルに置いた。

パンに、サラダに、ハムと卵を炒ったやつ――はなかった。

「おそらく……アトランティス大陸の料理だな……」

全部、謎の料理だった。

まず、メインの料理は汁物なのか。背脂が大量に浮かんだスープの中に麵類が入っている。あと、薄く切った豚肉とネギが浮いている。

その横に皮で包んだボートみたいな形状の料理が六つほど。

奥には米を細かく切った野菜や肉を炒めた料理がある。米はこのへんだとあまり食べないが、南方では主食のところもあるのは知っているからまだなじみがある。

「どうじゃ！　おいしそうじゃろう？」

ぶかぶかのエプロン姿のムルムルが胸を張っているが――

何一つわからん料理ばかりなので、素直に喜ぶテンションになれん！

「ムルムル、ええと……料理名教えてもらっていい？」

「まず、それがメインのラメーンじゃな。鳥と豚骨のダブルスープじゃ。横のはギョザールという料理じゃ。酢やマスタードをつけて食べてもよいぞ。奥のはチャハーンという、まあ、炒めたメシじゃな。やけに黒いのは大陸の豆から作った調味料を使って味付けしたせい」

「待て待て！　なぜ、アトランティス大陸由来の調味料がある⁉」

「その疑問はもっともじゃ」

すると、台所からムルムルは大きくて厚みのある黒いものを運んできた。

「このモノリスを使った」

いや、その一言で謎が全部解けたみたいな反応されても、いまいち納得できんぞ……。

そのモノリスに手をかけると、扉が開いた。

中は白くて、氷の室(むろ)みたいに冷気が飛び出してくる。そこに食材が並んでいる。

「保存用モノリスを余は使えるらしくてのう。足りない食材はこっちで用意したのじゃ」

安易に超古代文明が使用されている……。

「さあ、麺がのびる前に食べるがよい。七時間ぐつぐつ鍋で煮込んだスープをたんのうせよ」

「七時間？」

「そなたが寝落ちしてから、割とすぐに人の姿に顕現(けんげん)できた」

その間にいろいろ調べられていたわけか……。

「そなたは箸(はし)は慣れておらんじゃろうから、木製フォークで食べるがよい」

箸というのは東方の国で使う食事の道具だな。まあ、シンプルなものだからアトランティス大陸にも近いものがあったのだろう。

「と、とにかくいただきます……」

私はそのラメーンという麺料理を口に入れて、スープをちょっと飲んだ。

「なんだ、これ………おいしい！」

ものすごく活力が出る！

「そうじゃろう。アトランティス大陸の学生たちはその元気いっぱいセットで活力を得て、研究に戻っていったと余の中にも書かれておる。そなたも英気を養えることじゃろう」

ムルムルもおいしいと言われて、まんざらでもなさそうだ。

では、次にこのギョザールというのを。

小気味いい音と共に、わずかな肉汁(にくじゅう)が中からこぼれてくる。

「皮はさっくり。中はジューシー！　ほどよいパンチ力！」

たしかに研究に打ち込むぞという気持ちになる！

「ふっ、ギョザールをサイドメニューとあなどることなかれじゃ」

私はラメーンをがつがつ食べ、合間にギョザールをはさみ、麺がなくなってのびてしまう心配が消えたところで、チャハーンにもスプーンを伸ばした。

「すごく魔力が増幅するような味！　ぱらぱらの米一粒ごとにしっかりと味がしみ込んでる！」

自然と手が速くなる！　かき込みたくなる！

きっと、ムルムルも喜んでくれるだろうと思って、ちらっと彼女のほうを向いた。

――でも、違った。

ムルムルは目を押さえて、しゃくりあげていた。

「ぐすっ、ぐすっ……」

ちょうど、一粒の涙が床にこぼれるところを見てしまった。

「傷つけるようなことを言った……？　料理は褒めてただけのつもりだけど……」

「心配するでない。うれし泣きというか、ほっとして涙腺がゆるんだのじゃ……。ちゃんと役に立てたのじゃなあ……」

　手を離した時に映ったムルムルの表情は、はるか昔から存在しているとは信じられないような子供っぽい笑顔だった。

「おおげさだよ、ムルムル。それとも、私がこんな飯が食えるかーってテーブルひっくり返すとでも思った？　長年ポスドクやってるけど心までは腐ってない。むしろ心は熟成されてる。六十年ポスドクやって、人にも優しくなった気がするよ」

　きまり悪そうにムルムルは右手で頭をかいていた。

「魔導書である余が料理を作ったのは初のことじゃからな。手順や材料の配分はわかっていても、成功するか不安だったのじゃ」

　ああ、本だしな……。こんなふうに人の感情を持ってるからといって、人がしてる経験はなかったわけだ。緊張もして当然だ。

　私も大学で最初の魔法実習の時、すごく緊張したしな……。

　もう、何十年も前のことだけど鮮烈に思い出せる。

　いまだに大学に在籍してるとは、あの頃の自分も想像してなかったが……。

「余はな、どれだけ前かわからんほど昔に書かれて、ずっと開かれてこんかった。だから、こうして姿を現すのもアルルカが昨日、開いてくれたのが初めてでな」

そういや、ムルムルの成立経緯を聞いてなかった。その前に朝食ができてしまったのだ。

「人の姿になれる本が一度も開かれなかったって、どういうこと？」

「大陸の時代は、どうやら余は畏れ多いものとして厳重に保管されたようじゃのう。それから、どこか別の土地に運びこまれ、いつのまにか余が貴重なものということを知る者もおらんようになり、今度は書名すら読める者がおらんようになって、開かれることもなくなった」

そこで、ムルムルはふぅっとため息をつく。

「書名が読めぬ者は開けんようになっておったからの」

「開かれることさえなかったってことは、おおかた、超古代文明の聖典か何かか」

「そんなたいそうなものではないと思うておるのじゃが……。ただ、誰も触れないような状態にされたことがあるのは事実のようじゃ。あまりに昔のことではっきり思い出せんが……」

ムルムルがあまり自分のことを話したくなさそうなことだけは私にもわかった。

『虚無の書』なんて名前だし、恐ろしい物とされてきたことを知っているのかもしれない。

けど、そんな救いのない名前の本が、こんな湯気の立っている料理を作れるだろうか？

「保管されていた時代はいいんだけど、そのあともよく昨日みたいに焼かれたりせずにすんだね。ほんとにギリギリセーフだった」

「ああ、多分火にくべられても大丈夫ではあった」

言っている意味がよくわからん。

「余は本に大きな危険が迫ると、爆発魔法を発動させるように設計されておるのじゃ」

「どっちかというと、私、大学の人間を救ったのかよ⁉」

その功績を認めて、大学のなんらかのポストにつけてほしい。

礼はいらねえよなどと格好をつけたことを言える状況ではないのだ。

「しかし、爆発魔法などが起きたら、余は深い土の中にでも埋められたかもしれん。やはり、そなたは余の恩人じゃぞ」

にんまりとムルムルは私に笑みを向けてくれた。

「ただ、余自身もそこまでして守るような内容の本とは思えんのじゃがな……。なんで、昔、そんな大切に扱われとったんじゃ？　余にとっても謎じゃ」

照れたように、ムルムルは頰(ほお)をかいた。

「ムルムル、思い出せないなら、思い出さないでいいよ」

私はムルムルにできるだけの笑顔を向ける。

同居人なんてずっといなかったから、ぎこちないかもしれないけど。

「今は食事に集中しよっか。せっかく作ってもらったのに冷めても申し訳ないし」

「そなた……」

私の気持ちも少しは伝わってくれたかな。

よーし、作ってくれたムルムルのためにも、きれいにたいらげるぞ！

十分ほどで私は三品を完食した。

「いやあ、おいしかった、おいしかった！　ムルムル、ありがとう！」

「おお、そうじゃ、飲み物も用意せんとのう」

キッチンにムルムルは消えていった。こうやってすぐに飲み物を持ってきてくれるのは、やっぱりありがたい。

ただ、ムルムルが持ってきたのは――

やけに黄色くて大きなサイズの飲み物だった……。容器が透明だからよく見える。

上の四分の一ぐらいは泡でできている。

これは、もしかしなくてもビール？

「この元気いっぱいセットには、ビールがつきものじゃ。おかわりもあるぞ♪」

天真爛漫（てんしんらんまん）な見た目相応の子供の表情で、ムルムルは巨大なビールをテーブルに置いた。

言いたいことはいろいろとあった。

だが。

言いたいことなど、どうでもいい！

私はおもむろにその巨大容器をつかみ、ごくごくビールを飲み干した。

「……っぷはーっ！」

目の前に出されたら、私は飲むぞ！

「おお、よい飲みっぷりじゃのう！　やっぱり若者はそうでなくてはな！」

パチパチとムルムルは拍手を送ってくれている。

うん、五臓六腑にしみわたった。いいビールだった。

で、私はドンッと巨大容器をテーブルに置いて、言った。


「全体的に、母親が作る朝食メニューではない！」


飲み終わったので、言いたいことを言った。

「えっ？　満足そうじゃったから、明日の朝もこれでいこうかと思ったのじゃが」

ムルムルは素で首をかしげていた。長いツインテールが一緒に動いた。

「毎日、このメニューだと元気いっぱいになる前に、体重いっぱいになる！」

超古代文明が今と違うからか？

それとも、ムルムル自身がずれてるからか？

確実なのは、今の時代の朝食と概念が違うぞということだ。

まあ、このあたりは追々すり合わせつつ、私もムルムルから話を聞いていこうか。まさか、料理のことが禁忌に当たるってことはないだろうし。

「ところで、アルルカよ。今日の予定はどうなっておる？」

「あと、一時間ほどゆっくりしてから大学に出かけるつもりだった」

とはいえ、ムルムルがいるから中止の線も濃かった。

なぜかムルムルがうさんくさい表情になった。

「その格好でか？」

「え？　パジャマじゃないから別にいいじゃん……。黒ローブは魔女の基本だし……」

「もったいない！」

また、ムルムルに顔を指差された。

「アルルカよ、そなた、ポスドクだからといって、化粧も全然せずに出る気満々じゃろう。やけに顔に覇気がない一因もそれじゃ。地は整っておるのに、もったいない！」

「え、いや……うちの大学、女子大だし、これで問題なくて――」

「女子大でも同じじゃ！　化粧は武装じゃ！　戦場に布の服で出かける奴はおらんじゃろ！　ローブが基本としてもよれよれすぎじゃ！　やる気が感じられん！」

なんか、ムルムルの目がきらっと光った気がした。

「よかろう。余がしっかりとそなたを剪定してやるわ」

「あっ、そこはかとなく、邪悪な聖典みたいな視線に……」

――そのあと、ムルムルに猛烈な勢いで化粧されて、着替えさせられた。

三十分後。

「よし！　もう、どこに出しても文句ない美人さんじゃ！」

「こうも変わるんだ……」

私は姿見に映る自分の顔を見つめた。

たしかに、荒れ気味だった肌はすっかり隠れているし、寝不足で目つきが悪くなっていた瞳も大きく開いてるようになっている。髪もどういうケアをされたのか、やけにしっとりしていて、六十年前に戻ったようだった。

「見た目でうだつが上がらない空気を出してしまっては、それに自分も呑まれてしまう。そうなると、うだつが上がらないキャラが定着するのじゃ。姿を変えれば、生き方も、結果も自然と変わってくるのじゃ！」

見た目が子供とは思えない説得力……。やはり、超古代文明の遺産だけはある。

「うん、化粧のほうは完璧だよ。これが自分って信じられないぐらい。ただ――」

私はスカートの部分に手を置いた。

「この服装はどうにかならないかな……？　黒ローブのほうがいいんだけど……」

まずスカートが短いし、あと、胸元になんでピンクのリボンとかついてるのか。

「むっ？　アトランティス大陸では十代後半の女性はそういった服装をしておったのじゃが」

「率直に言って、超古代文明の服装は今の時代に通用せんだろ」

このまま大学の研究室に行っては異様だし、これは着替えなきゃだな……。

いや――

「今日は研究室の代わりに、大学の就職情報センターに行こうかな」

姿見に映った私に、私は儚い笑みを向ける。

「はう？　なんでじゃ。アルルカは研究者なのじゃろう？　部屋の整理中にそなたの立場ぐらい把握しとるぞ」

ムルムルがまた首をかしげた。本当にわからないという時はそんなしぐさになるらしい。

「いやさ、私、ずっと超古代文明の秘密を解明するのが生きがいで研究者やってたんだけど――」

私はムルムルの顔をじっと見つめた。

「ムルムルと出会って、一区切りついちゃったんだよね」

超古代文明の存在は、私の中では証明されてしまった。

「それに、これからムルムルとどう暮らしていくかわからないところもあるけど……ムルムルのことが広まっても大騒ぎになるしさ」

超古代文明の本が実在したことがニュースになったら、ムルムルが危険にさらされる恐れもある。

「ごく普通の魔女の生活に戻る、ちょうどいい機会なのかなって」

ムルムルは、唇(くちびる)を結んだ顔になると――

たたたっと私の真後ろに回った。なんだ？　私の顔が卑屈(ひくつ)だから見たくないってこと？

次の瞬間、ゆっくり、じんわりと背中を押された。

その力で、私は一歩だけ前に足を出す。

「余が母親となって、そなたの研究者人生の背中を押してやるのじゃ。だから！　それまでは！　夢を諦(あきら)めるでない！」

私の足は前へ前へと進んでいく。

止まろうとしたって、ムルムルの力があるかぎり、私の足は次の一歩を踏み出す。

それから、ちょっといたずらっぽいような声が私の耳に響く。

「それに、研究者生活は案外、まんざらでもないのじゃろう？　楽しかったのじゃろう？」

私は少し迷ってから、こう答えた。

「うん」

「そうでなければ、こんなに長くポスドクはやれん。まあ、余が開かれなかった期間と比べたら一瞬じゃが」

「それを引き合いに出すの反則な」

「じゃあ、辞める必要はない。どんどん、前に進むのじゃ」

こうまで言われたら、研究者を辞めるなんて無理だ。

「よし、今日も研究室に行くか。ただ……」

私は胸元のリボンをいじった。

「この服は恥ずかしいから、ローブに着替えていいかな……？」

ムルムルを説得するのに、多少時間がかかった。

第3話

魔女、魔導書を研究室に紹介する

朝からムルムルという魔導書の作ってくれたごはんを食べるという極めて貴重な経験をしたり、研究者を続けろと背中を押されたりしたが、そろそろ本当に大学の研究室に行く時間になった。

もっとも、厳密には大学で授業を受けているわけでもなんでもないので、この時間に行かないといけない決まりもないのだが……ポスドクで生活まで自堕落(じだらく)というのも救いがないので、毎日同じ時間に大学に行くことにしていた。

ムルムルはわざわざ玄関まで送りに出てきた。

「それじゃ、行ってきます」

「うむ、子供はしっかりと学ぶのが仕事じゃからの」

私は子供という年齢ではないし、それを子供に見えるムルムルに言われるのは、何重にか皮肉な感じだけど、ムルムルからすれば、そう思うほうが自然だ。

「本当は、お昼用に弁当を作ってやりたかったのじゃがな」

しゅんとムルムルは顔を下に向けた。

「ああ、お昼は学食であったかいごはんが食べられるから大丈夫だよ」

「ラメーンを弁当にするとこぼれたり、麵がのびたりして不便なのじゃ」

「そこは、勇退してもらえてよかった……。弁当には向かない」

私はドアに手をかけたところで、再度、振り向いた。

「このへんの地理も知らないと思うし、今日はできれば出歩かないでね」

　ムルムルを見た瞬間、「特別な魔導書だ！」とわかる人間なんていないので、正体がバレる心配はしてない。でも、道に迷うリスクはおおいにある。

「うむ。部屋の掃除をしておくのじゃ。心配せんでも、勝手に不要と判断して本を捨てるようなことはせんからのう」

「うん、よかった。研究書全部捨ててたら、早速絶交だった……」

　留守中にムルムルが人生最大の敵になることもなさそうだ。

　多少の危惧(きぐ)はあったものの、私は研究室へと出勤した。

　外にたてかけているホウキに乗ると、ホウキの進行方向側に取り付けてあるカゴにカバンを入れて、のんびりした馬車程度の速度で移動した。

「もうちょっと、速度出れば便利なんだけどな、これ……」

　研究室にはすでに後輩のハスカーンが来ていて、資料をひたすらめくっていた。

　午前中から来る人間は少ないので、研究室も閑散(かんさん)としている。

　魔女だからみんな夜型というわけではなく、学部生や院生は授業に出たりすることが多いのだ。なので、自然と常連が決まってくる。

　古代語研究は根気が大切だ。ある種、根気さえあれば続けられるとやってる人間は思っているが、一般人からすると、もはや普通の人間が耐えられる次元の根気ではなくなっていて、超人に見えるらしい。ハスカーンも私よりはるかに若いとはいえ、十分に超人の領域だ。

「アルルカ先輩、おはようございます」

「うん、おはよ。ハスカーンはいつも朝早いね。感心、感心」

「あの、先輩、やけにニンニク臭いんですけど。昨晩、焼きニンニクでも食べました？」

　私はゆうべの食事を回想した。

　昨日の夜はというと、半額惣菜を食べただけだ。ニンニクは入ってなかった。

　だとすると――

「おそらく朝のギョザールだな……。チャハーンも少しニンニク入ってたかな……」

　アトランティス大陸では、大量のニンニクを使っていたらしい。

「朝からニンニク料理ですか。進化を止めない八十歳ですね」

「一切、褒め言葉に聞こえない表現やめろ」

　こんなやりとりも、お互い慣れたものである。

「けど、先輩、一方でやけに気合い入れて化粧してるんですが……意外と交際してたりします？」

ハスカーンが戸惑ったような顔をした。

あっ、ムルムルに化粧されたせいだ……。

「研究に打ち込むためにあえて化粧しただけ。あと、『意外と』とかつけるな。交際の可能性を小さく見積もるな」

「え～、先輩、どうせ研究が一生の恋人なタイプでしょ～?」

まあまあムカつきもするが、この程度のやりとりも時候のあいさつのレベルだ。

私は定位置に座ると、大学図書館から借りてきた超古代文明についての概説書を開いた。

なぜ、今更、概説書なのか。

当然、ムルムルが来たからだ。

超古代文明語で書かれた書物があそこまでいい状態で現存していたこと自体が奇跡なんだが、だからこそ過去を参考にして状況を的確に把握する必要があった。

ポスドクとはいえ、研究者である。

世界初の成果だなどと、能天気に浮かれてはいられない。

なにせ、タイトルが『虚無の書』だ。

この世界すべてを虚無に帰するような力について書かれていたりすると、危ない。

まず、そもそもそんな力が発動されると、危ない。

さらに、その存在を知られても、危ない。国を滅ぼすために危険な研究をしていると王国の軍隊にでも判断されると、逮捕されて、処刑されかねない……。

概説書には、約十世紀ほど前に、超古代文明の研究で国を傾けようとして殺された魔女の名前がいくつか挙がっていた。

真相は不明な点も多いが、当時は今よりずっと超古代文明が信じられていて、その力で国を動かしたりできると考えている魔女も珍しくなかったのだ。反体制側の組織で研究をしている魔女もいただろう。

――魔女ヘルナラは火焙りになった。

――魔女オットレは串刺しになった。

――魔女セヒースは車裂きになった。

そんな記述が並んでいる……。

殺され方だけで歴史に名を残すとか嫌すぎる！

やっぱり、ムルムルが超古代文明の魔導書であるということは隠し通していかなきゃダメだ。

百害あって一利なしだ。

せっかく、とてつもない発見をしたというのに、ドヤ顔すらできず、ポスドクに甘んじないといけないなんて……！　隠匿を続けないといけないなんて……！

この世に神はいないのか！

……けど、よく考えたら。

本の状態のムルムルを見たところで超古代文明の本だとわかる人はいないから、とくに問題ないのか。

今でも、「超古代文明の遺産を見つけた！」と叫んでるトンデモ研究者みたいなのは、各地にいるけど、そんな人が不慮の死を遂げたなんて話は聞いたことがない。

まともに研究してきた私ですら、単語を一つ解読できたら喜ぶような基礎的なレベルでとどまっているのだから、本物の超古代文明の本だと言ったところで、そもそも信用されない。

ムルムルを紹介することがあっても「友達の子です」ぐらいに言っておきゃいいか。

昼過ぎになったあたりで、研究室の人口もだんだんと増えてきた。

といっても、研究室を根城にしているいつものメンバーだ。あと、講義を終えたイシハンヌ教授が入ってきた。今日もやけに胸元が開いた服を着ている。あれは誰シフトなのだろう。女子大だぞ。

「アルルカ君、例の超古代文明語文献の新しい単語の論文はできそう？」

イシハンヌ教授はポスドクがどれだけ居座っても煙たがったりせず、なんだかんだで面倒を見ようとはしている。それがこの研究室にポスドクが多い理由の一つでもある。

問題は、本当に「面倒を見ようとはしている」だけで、面倒を見てくれてないことだ……。准教授の職をあっせんしたりだなんてちっともしてくれない。

「ああ、教授、大丈夫です。実証できるだけの資料は集め終わってますから、すぐ書けます」

「そう。それはよかったわ。君もいいかげん、羽ばたく世代なんだけど、ポストには限りがあるからね。そうね、三年後にはどこかの大学の准教授になれているわよ」

教授は口元のほくろのあたりをゆがめて微笑んだ。

「教授、それ、三十年前からずっと言われてます」

「ふふふ。魔女の研究者は六十歳を超えてからが勝負なのよ」

「私、八十歳です」

「ふふふ、ふふふ」

笑いながら背中をぽんぽん叩かれた。

都合が悪くなって、話をそらしたな。

こんな調子で、超古代文明語の研究者にはポストがないのだ。

もっとも、超古代文明語を研究したいと学部生時代の面談で教授に言った時から、働き口がないぞと止められていた。

それなのに、好きなことをやりたいから、バイトなりなんなりして芽が出るまで続けますと突き進んだのは自分なのだ。

だからって、芽が出てもスルーされるとは思ってなかったのだが……。客観的に見ても、准教授になれる程度の業績はあるはずなのに……。

よし、今日は早目に帰って、ムルムルにマクセリアの市場でも案内しよう。

私がノートをカバンに入れた時だった。

研究室のドアが開いた。

ムルムルが入ってきた。

なんで来たの⁉

「かわい～」「誰かの子？」「教授の子じゃないよね」

早速、ムルムルの前がにぎわっている。えらいこっちゃ！

「ここが古代語研究室じゃな。うちのアルルカがお世話になっておるかと思う。アルルカをよろしく頼むのじゃ」

そう言って、みんなに頭を下げてまわりだした！

「へ～、アルルカ先輩の子？」「いえ、先輩は独身でしょ」「お菓子食べる～？」

無茶苦茶、注目を集めてしまっている。これはダメだ……。

私はムルムルをかついで、研究室棟の外にある裏庭に連れていった。

「ちょっと、ちょっと！　何しに来たの！」

「うむ、そなたのために何ができるかと部屋を掃除しながら考えておった」

そこまではわかる。殊勝な心掛けとすら言える。

「掃除は今日のところは一段落した。さて、次は何をしようかと考えた。じゃが、余はこの世界のことをあまり知らん。街への道もわからんから、一人で出歩いて迷ってもよくない」

「そこまでは完璧だ」

「そこで、余はひらめいた！　大学なら巨大な建造物であるし、おおかたの場所さえ、間違えなければたどりつける！」

「そして、本当にたどりついたのか！」

「それで、保護者として大学の研究室にあいさつに出向いてはどうかと思ったのじゃ！　なにせ、余はそなたの母さんになる女じゃからのう！」

ああ！　善意がまぶしい！

私のことを本気で考えてくれてる！

だが、惜しい！　ちょっと空回りしている！

さて、ちらちらと視線を感じる。

暇な博士課程の魔女が裏庭のほうを見てきている。私も逆の立場なら見に来る。

「まあ、すでに存在は知られちゃったわけだしなあ……。どういう設定でいく？」

「保護者というのが一番よいじゃろ。どうせ、魔女は見た目と年齢がそんなに一致せん。同郷の魔女の先輩だとでも言っておけば、誤魔化せるはずじゃ」

「そんなところだけ的確か」

ここで研究室に紹介もせずに帰らせると余計に変な憶測をされる。

しかも、私の口からどれだけ弁解したところで、あまり信じてもらえないだろう。

ならば、ムルムル本人にしゃべらせて、研究室の魔女が疑問点を抱かないようにしてしまうべきだ。

お前たちの好奇心、私が摘み取ってやるからな！

「なんか、研究者にあるまじき気合いの入れ方をしとるな」

研究への好奇心を摘み取るんじゃないからいいのだ。

私はムルムルに耳打ちした。この先はとくに漏れ聞こえるとまずい。

「いい？　超古代文明の遺産だってことを言うのはナシ。フリじゃなくて、マジでナシ」

「わかっておる。フリじゃなくて、マジでナシなやつじゃな」

よし。大丈夫と判断した。

私はムルムルを連れて研究室に戻ってきた。

「すいませ～ん。私の保護者役に当たる、同郷の魔女の先輩のムルムルさんが突然地方から押しかけてきたんです～。いや～、驚かせるためとはいえ、何の連絡もないんだから困りますよね～」

ハスカーンがけげんな顔をしていた。

おかしい、説明は完璧なはずだぞ……？

「先輩、異様に説明臭すぎる説明じゃないですか……」

しまった……。もっと自然な流れを演出するべきだったか。

ハスカーンは勘がいいからな。探りを入れられるかもしれない。

しかし、ムルムルはさっと、ハスカーンのほうに歩み寄った。

「いつもアルルカがお世話になっておるのじゃ。同郷で超古代文明語を研究していたムルムルと申すのじゃ」

ハスカーンにもほがらかな笑顔であいさつを交わす。

「あっ、どうも……。後輩のハスカーンです……」

「まったく、超古代文明語の道になんて進んだらつぶしがきかんぞと、さんざん言ったのじゃがな。それでもやりたいと言うから、余も腹を決めて、保護者をやることにしたのじゃ。自分も同じ道を選んだ手前、アルルカの気持ちもわかってしもうたしのう」

少し上目づかいで、何かを思い出すように、ムルムルは話す。

すごく自然な演技。いや、演技にすら見えない。

私も、かつてムルムルという先輩に超古代文明語の研究をやりたいと告げた記憶があるような気がしてきた！

「そうだったんですか。いい話ですね。そういう師弟愛みたいなのにハスカーンは弱いんです」

ハスカーンの顔にも、もう疑いの色はない。

それどころか、ムルムルを軽く尊敬してるような節すらある。

今度はムルムルはイシハンヌ教授にあいさつに行った。

「真面目だけが取り柄で要領が悪い魔女じゃと思いますが、性根はよい魔女なので、今後ともよしなに」

「ええ。アルルカ君の実績は素晴らしいです。明日にでも准教授になれます」

教授、ありもしないことを言うのやめてください。明日、前触れもなくいきなり准教授になったら、もはや政変のレベルで異常だぞ。

それはそれとして、無事に済みそうだな。

――と、ムルムルが、また例の漆黒のもの――モノリス――をふところから出してきた。

いや、サイズ的にどうやってそのモノリスは入っていたんだろう……。それも超古代文明の技術なのか。具現化した魔導書というムルムルの特性なのか。

いや、それよりも、そいつは目立つ！

「皆もご存じじゃと思うが、モノリスじゃ」

ハスカーンが「変わった魔法ですね……」と不思議そうな顔をしていた。

「あっ！　私の郷土ではよく使われてる魔法なんだ！　地域色があるからあまり見ないかもしれないけど！　はははは！」

モノリスが出てしまったので、力技で誤魔化すしかない！

しまった。モノリスという容器（?）を使用しないという認識がムルムルになかった。

「今日はせっかくじゃし、大人数で食べる時にうってつけの郷土料理を持ってきたのじゃ。ラメーンと違って、こっちならこぼれる心配もないからのう」

あっ。

ムルムル、私に弁当を届けるためにやってきたのか。

誰かが弁当を作ってきてくれただなんて、人生で初めてだったかも……。

弁当を作ってもらうって、シンプルなことのようで、こう……こんなにも心が熱くなるものなんだ……。

ムルムルは漆黒のモノリスを開く。ただの四角の何かにしか見えないが、ちゃんと開閉できるらしい。

しかし、その時、ふと気になった。

何を持ってきたんだ、ムルムル……?

円形の薄いパン生地に、チーズやら野菜やらが載っているものが何枚も入っていた。

「これは地元の郷土料理でピザールというものじゃ。どんどん食べてほしいのじゃ」

また、見たことのない料理が出てきた！　だが、パンの一種と言えなくもないフォルムなので、まだ誤魔化しやすそうではある。

「学生さんには人気の高い料理のはずじゃ。たくさんあるから、好きなだけどうぞなのじゃ」

当然ながら「知らないな～」「初めて目にする」といった声が聞こえた。もし知ってるという奴がいたら、絶対に知ったかぶりだ。

それでも、致命的な違和感はなかったようで、助かった。

「ほれ、アルルカも一切れ、取るのじゃ」

ムルムルは円形の一枚を何分の一かにカットしたピザールを渡してきた。

「うん、ありがと」

私はそれを受け取る。

少し熱いけど、火傷するほどじゃなかった。

先端の細くなってるところから、チーズがこぼれそうだったので、そっちからかじる。

チーズと、謎のスパイシーな味が口に広がる。

「うん、初めて食べるけどおいしい！」

「えっ？ 先輩、郷土料理なのに、初めてなんですか？」

ハスカーン、細かいところまでよく気付くな。

「だ、大学のほうに来てからは初めて食べるってこと……。パーティーの時ぐらいにしか出ないから、機会がなかったんだ」

「少し違和感もありますが、シロとしましょう」

やけに上から目線だな。

「ほれ、そなたも受け取れ。いくらでもあるからのう」

ハスカーンにもムルムルは一切れ渡した。結果的に問い詰めるどころじゃなくなったのは、ナイスだ。

しばらくハスカーンはその一切れを観察していたが、三角にとがった先端のほうから口に入れた。

普段は細いハスカーンの目が大きくなった。

これは気に入ったな。

「これがパーティーで食べられるというのはわかります」

「そうじゃろう、そうじゃろう。定番のやつから、変わり種まで何種類も作ってきたのじゃ。思い切り食べ続けるがよい」

モノリスから、どんどんムルムルはピザールを出していく。

そこに研究室のメンバーが、わっと群がった。

多分、ハスカーンがおいしそうに食べたことで、これは大丈夫だと判断されたな。私だけだと、郷土料理を地元民だけがおいしいと言ってる状態になっていたからな。

私も二切れ目を取る。今度のは鶏肉が載っているやつだ。こっちもおいしい！

「それは耳にもチーズが入っておるタイプじゃぞ。余も頑張ったのじゃぞ」

「これもムルムル自作なんだ」

「そういう知識はたくさん持っておるのじゃ」

なんで『虚無の書』なんてタイトルで料理について詳しいのか謎だけど、ムルムルの頑張りは間違いのないことだ。よし、褒めてやるか。

「ちょっと、こっち来て」

「なんじゃ？」

私はムルムルが寄ってきたところを撫(な)でた。

よしよし、よしよし～。

ああ、庇護(ひご)欲らしきものが満たされる感じがある！

「うん、もっと撫でて――やめい！」

撫でる手を両手でつかまれた。

「余のほうが年上じゃ！　そういう子供扱いの真似はやめるように」

抗議を受けたので、私も素直に撤回した。

見た目と年齢が一致しない魔女とはいえ、どうしても見た目に引っ張られる……。


そのあともピザールのパーティーは続いた。

というか、このピザールって料理自体がパーティーにものすごく向いている。シェアもしやすいし。手づかみでＯＫだし。

ただ一つだけ、まずいことがあった。

「うっぷ……これも胃もたれする……」

調子に乗って食べていたせいで、だんだんおなかが苦しくなってきた。

なお、ハスカーンなんかはすでに床に転がっていた。

「これは、もう入りません……」

私より五割増しのペースで食べてたからな。そのせいだな……。

ちなみにハスカーンの横にはお酒のビンも転がっていた。

「早い時間から酒盛りをしたか……」

研究室の魔女はだいぶ自堕落な層も多い。

研究に対する熱意と、酒の誘惑はあまり矛盾せずに同居するのだ。

ほかのメンバーもおおかた酒と食べすぎでダウンしていた。

その中でイシハンヌ教授だけがばくばくピザールを食べながら、ムルムルと雑談に興じている。やはり、教授になるには、そういう変なポテンシャルが必要らしい。ほかの研究室の教授にも酒豪の魔女が多いし。

「超古代文明語の基礎的研究の本をざっと見たが、ちっとも進んでおらんの」

「あら、ムルムルさんもお詳しいんですね。お顔からも知性がほとばしっていますものね。顔を見た瞬間、百年に一人の逸材だとわかりましたわ」

教授、また適当なことを言ってるな……。

しかし、誰にでもリップサービスができるのも、教授の能力の一つではある。誰にでもケンカ腰で否定から入る研究者はあまり上にいけないのだ。

もっとも、ちらっと聞いたかぎりでも、教授のお世辞があながち間違いとは思えないほど、ムルムルの質問が具体的かつ本質的なのはわかった。

なんでわかるかといえば、私も研究者のはしくれだからだ。

素人のふんわりした質問と、研究者らしい鋭い質問の違いはわかる。

「たとえば、これじゃがの。左側が樹木に当たるものというのは正しいが、右側を個別の植物名とみなすと意味が通じんじゃろ。これは樹木で造った建物と考えたほうがよい。崇拝対象を祀る建物じゃから樹木で造ったわけじゃ。そうすると全体の解釈も、『神がとある樹木の中にいる』から『神が神殿の中にいる』になるじゃろ」

「それはきっと正鵠を射ていますわ。それでぜひ論文をお書きになるべきです」

教授の目が少し大きくなったし、リップサービスから本心のほうに、重心が移ったと思われる。

順調に食べたものの消化が進んだなという頃になると、もう夕方だった。

「じゃあ、ムルムル……さん、行きますか」

自分で決めた同郷の先輩魔女という設定は忘れないようにしなければ。

「水くさいの、余のことはムルムルでいいわい」

私の目を、にっと上目づかいで見て、ムルムルは微笑む。

「うん、そうだね、ムルムル」

これでいちいち、言葉づかいを変えなくてよくなった。

「せっかくじゃから、市場（いちば）にでも連れていけ。知らんと今後の買い物に困る」

私に恩返しするってところはしっかり意識しているらしい。

「うん、そのつもり」

市場でもムルムルは大人気だった。

やはり、小さい子供を連れていると、商店の店主の印象もよくなるのか、やたらとサービスしてもらえるのだ。

たとえば、果物の店だと、店主のおっちゃんにこんなことを言われていた。

「かわいいお嬢ちゃんのためにレモンを一個サービスしてやるよ！」

「じゃから、あくまで余も魔女なのじゃ！　子供ではない！　もう、ええ歳！　子供向けサービスはいらん！」

「不老不死じゃねえから、よくわからんのだよなあ。じゃあ、敬老サービスな」

「それなら、よい。もらっておこう」

よいのかよ。ご老人として接するのはセーフなんだ……。


私とムルムルはカゴに食材を入れて、夕暮れの道を行く。

ホウキに二人は乗れないから、ホウキは杖代わりにして歩く。

森に向かって歩いているうちに、通行人も私たちだけになる。

「うむ、今日からは余がしっかりと栄養のあるものを作ってやるからのう。半額惣菜のタイムサービスを狙うだけの空しい日々からは解放されると思うがよい」

「それはありがたいんだけど、ちなみに何を作るつもりなの？」

「メニューの名前を言ってもわからんと思うが、野菜がたっぷりのものじゃ。やはり野菜を食わんといかんからのう」

「そっか、そっか。ところで、ちょっと改めて聞きたいことがあるんだけどね」

私は早歩きになって、前に出て、ムルムルの前に回り込む。

そして、こう尋ねる。

「ムルムル、あなたって何者？」

私は、じっとムルムルを見つめた。

別ににらむでもなく、疑うでもなく、子供から本当のことを聞き出すようなまっすぐな表情で。

「何を言うておる。余は『虚無の書』じゃと紹介したじゃろうが。なんじゃったら、また本に姿を戻してみせてもよいぞ」

「いや、それはまた角から足に落ちてきかねないからやめて……」

それに正体が本だということを疑っているわけではない。

「『虚無の書』ってタイトルのインパクトでわかった気になってたけど、ムルムルの中には結局、何が書いてるわけ？」

私の、いや、現在の超古代文明語の研究水準では、超古代文明語で書かれた一冊の本を読み通すことなどできるわけがない。そもそも、まとまった分量の超古代文明語のテキストがない次元だ。

つまり、私の力ではムルムルがどんな本かを確認する能力がない。

「やはり……余のことが信用できんのか」

ムルムルは切なそうな顔でうつむいた。

ダメだ。真意が伝わってない。

「違う、そういうことじゃない！」

ムルムルがどっかに行ってしまいそうな気がして、あわててその肩をぎゅっとつかんだ。

荷物のカゴが腕から離れて、どさりと落ちる。

レモンが一個転がる。

「私は研究者だから。ムルムルがどんな本か知りたいのは当然なんだ。知らないまま暮らすことなんてできない！」

なんて因果な性格なんだろうと思う。「わからない」ままで済ますことなんて私にはとても無理なのだ。

「ムルムルのことをもっと知りたい」

じっとムルムルの瞳を見つめた。

「つーか、全部知りたい。どんな著者が書いたのか、どんな時代背景で出版されたのか、当時の出版事情はどうなってるのか、全部知りたい！」

「どんだけ知りたがりなんじゃ！　怖い、怖い！」

ムルムルがひるんだような顔になったので、私はさらに肩をつかむ手に力を加える。

「やっぱり、どこかに行ってしまいそうだった。危ない、危ない……。こんなとてつもない研究対象を知り尽くさずにいてなるものか、ふふふふふふふふふ……」

「おい！　おどろおどろしい負の情念みたいなものが漏れてきとるぞ！　そんな感情、垂れ流すな！」

「だって魔女だし」

「それは、もはや世界中の魔女に対する風評被害じゃぞ……」

「私は文字通り、一生を懸けて超古代文明の研究に生きてる女でね……。ムルムルから得られる情報はすべてもらいたいわけ」

「余は、ヤバい奴に助けられてしもうたのでは……」

今頃、気づいたか。

はぁ……とムルムルはため息をついた。

「恥ずかしいことじゃし、追々話そうと思うておったが、とっとと話したほうが気楽じゃな」

ムルムルはゆっくりと私の手をのけた。

さりげなく、すごい力だった。

さすが超古代文明の遺物。ただものじゃない。

ゆっくりと数歩進んで、ムルムルは落ちていたカゴとレモンを拾った。私はカゴのほうだけムルムルから受け取る。レモンはムルムルが持っているままだけど、どうするんだ？

「本当のことを言うぞ。余の初版部数は一部じゃ。というか、出版しとらん。だから、開かれたことのなかった余を読んだ者は、著者しかおらん」

「……つまり、日記みたいなもの？」

「当たらずとも近からずじゃ」

じゃあ、近くねえじゃねえか。

「著者名はペンネーム『二千五百歳の童女』。本名は知らん」

なんだ、本名を隠したのか？

二千五百歳の童女というのは、いわば、矛盾した、存在しないものという意味か？

「で、肝心の内容じゃが」

がぶりとムルムルはレモンをかじった。

「すっぱっ！」

そりゃ、そうだろ……。口を手でぬぐいながら、ムルムルは続ける。

「リア充を倒す魔法について五百ページにわたって考察したものじゃ。それ以上でも以下でもない」

私は微笑んで——

ムルムルのほっぺたをつねった。

「おい、何をする！　つねられるような流れじゃったか？」

「ふざけてるだろ。どうせ、本当のことを言っても、わからんだろと思ってふざけてるだろ！」

いつの時代にだってリア充を倒す魔法だけについて書いた本なんてない。

「違う！　残念ながら本当じゃから、話したくなかったのじゃ……」

ムルムルの持っているレモンから果汁がぴゅーっと飛ぶ。

私の目に直撃した。

「目が……く、くぅ……」

　私はその場にひざまずいた。完全に無力化された。

「先を話すのじゃ」

　目はしばらく見えないままだが、話は続く。

「余の著者は……アトランティス大陸の大学でまったく芽が出なかった研究者らしくてな……。なんでも、好物のラメーンやピザールを食べても太らんようになる魔法を開発しておったらしい。どっちかというと、食べても太らんラメーンなどを魔法で作る研究というべきか」

　あれ……？　研究内容は違うが、私と共通する部分が……。

「しかし、学界からは完全に無視され、著者の業績が正当に評価されることはなかった。そして、毎日、ラメーンを五杯食べていたのがたたって、ついに体を壊してしもうたのじゃ……」

　それはそうだろ。

「もし、業績がもっと早く認められていたら、体を壊すこともなかったのに。そう考えた著者は、自分の屋敷にこもり、リアルが充実している者たちに鉄槌(てっつい)を下すためにはどうしたらいいか、それだけを延々と考え、余の執筆をはじめたのじゃ」

　それ、逆恨(さかうら)みでは……。

「一冊を書き上げた時、その日もラメーンを五杯食べていた著者は半死半生の状態じゃった。それで最後に、この本が開かれた時、みずから意志を持って動きだせるような魔法を、自分の命を使って唱えたのじゃ」

「最後の最後ですごい魔法使ったな！」

私はレモン汁をぬぐいながら立ち上がる。

じっと、ムルムルの瞳を見つめた。

「じゃあ、もしかして、ムルムルがその研究者なの？」

「否(いな)」

ムルムルは首を横に振る。

「余は研究者の魂が材料になって生まれたまったく別の人格じゃ。研究者の記憶もない。余が語ったことはすべて本に書いてあることじゃ。ほぼ全ページにわたってリア充や学界に対する怒りが記されておるだけとも言えるが」

つまり、超古代文明のトンデモ本を私は手に入れたということか。

「じゃあ、ムルムルの知識もアトランティス大陸の一般的な情報じゃなくて――」

「著者の独断と偏見(へんけん)だけで構成されておる」

超古代文明の全貌、いまだわからず！

まあ、でもいいか。完全に客観的な価値判断で書かれた書物など最初からないのだ。

ムルムルから私が超古代文明のことを解明していけばいい。

「ちなみに、ラメーンとギョザールに関する情報は余の中にみっちりと書かれておるから、極めて厳密に復元可能じゃぞ」

「そこは、ほどほどでもいい」

だが、また新しい謎ができた。

「そんな本が、どうして奇跡的に今の時代まで残ったの……？　大切に扱う意味ある？」

いや、ない。

ムルムルも首をひねる。

「なんでなんじゃろうなあ……。厳重に保管されておった期間は長いようなんじゃが……」

まっ、わからないことはわからないか。

私はムルムルの手を握った。

「さっきは妙なこと聞いちゃったね。帰ろっか」

「うむ、それと、余の著者が変な奴であろうと、余は受けた恩は必ずそなたに返す」

ムルムルが手に力を込めた。

レモンを握ったままの手のほうにも。

レモン汁がまた私の目にかかって、えらいことになりました。

そして、その日の夜。

「夕飯ができたのじゃ、野菜たっぷりミソという味のラメーンじゃ！」

やたらとモヤシとキャベツとコーンが載ったラメーンがやってきた。

「おいしそう！　でも、くどそう！」

野菜が多くてもヘルシーではない！

「大丈夫じゃ。野菜に含まれているマナがカロリーを破壊するからこのラメーンはカロリーが0になるはずじゃと、余には書かれておる」

「それ、きっとガセ！」

ミソ味という謎の味のラメーンをする。

うん、美味い。

でもラメーンは一日に何度も食べるものじゃないな……。

「まだまだ、数えきれんほどのラメーンの作り方が世の中にあるからのう。これからも愛情込めて作ってやるのじゃ！」

母親のようなムルムルの笑顔がまぶしくて、文句も言いづらかった。

今後、私の体重が急増したら確実にムルムルのせいです。

第4話

魔女、新しい謎に戸惑う

「ほれ、今日の夕飯は揚げたギョザールと肉汁たっぷりタイプのギョザールじゃ！」

「おいしそう！　でも、また太りそう！」

私はおそらくうれしいような悲しいような、何とも言えない顔をしたと思う。

「学生はしっかり食べて元気にやらんといかんからのう。余に書いてあることによると、アトランティス大陸の学生も貧乏で、食うや食わずの生活を送っておったものが多かったという。食はすべての基本になるのじゃ」

「それはよくわかるんだけど、ラメーンみたいにこってりしてるのが多くない？」

超古代文明ではこってりしたものしかなかったのか？

「余にはそういう料理ばかりが書いてある。じゃあ、今度はさっぱりしたラメーンじゃな」

まあ、そうだよなあ。

ムルムルが我が家に来てから二週間が過ぎた。

思いのほか、ムルムルもこの世界の生活に慣れてきたようで、すでに市場で一人で買い物ができるぐらいである。

作ってくるの、結局ギョザールやラメーンなので、あまり意味がないが……。

まあ、サラダとかは私が作るので、材料を買ってきてもらえば、どうにかなる。

ムルムルも私の向かいの席に座って、ギョザールを食べはじめた。本ではあるが、食事はできるらしい。原理はよくわからんが、おそらくマナに変換しているのだろう。

「うむ、美味い！　うっ、肉汁が口の中でこぼれて、あちちちちちち！」

「作り手なのに、不慣れだな！」

「余はあくまでも知識を元に作っておるだけで、食べたこともなかったからのう。アトランティス大陸が余の後にどうなったかも、どれぐらい続いたかもさっぱりわからん。自分が焼かれそうになるとか、そういう危害が近づいてる時に恐怖心を感じる程度じゃな」

他人事のようにムルムルは言って、コオラアという異様に甘い黒い炭酸水を飲んだ。これもアトランティス大陸の飲み物らしい。

たしかに、本であるムルムルにとってはまさしく他人事なんだろうが、私にとってはそこが知りたいことなのだ。

だって、超古代文明は確実に滅亡しているのだ。

言語だけ見ても古代文明との連続性はない。地理的にも大きく隔たっているようだし、ある時に超古代文明が滅んで、相当の時間が経過してから、今に連なる基となる古代文明が生まれたと考えざるをえない。

じゃあ、なんでそんなすごい技術を持った文明が滅んだのか？

それと、いつ滅んだのか？

まったくの謎だ。

「ムルムル、食後の研究の時間も付き合ってね」

「もちろんじゃ。もとより、余はそなたに尽くすつもりでおるぞ」

ムルムルはフォークでギョザールを突き刺しながら言った。


食後の研究の時間は、主にムルムルから聞き取り調査をしている。

場所は私の書斎兼寝室の机だ。ムルムルは私のベッドに座っている。

ちなみにムルムル用のベッドも同じ部屋にある。本になれるから不要ということだったが、人の姿で寝られるなら、その姿で眠るほうが自然だと思う。

「じゃあ、街の感じは？」

「こう、高い建物がにょきにょき並んでるかと思えば、地下深くまで埋まっておることもあったようじゃ。で、その地下を巨大な鉄の箱を動かして人を運んでおった」

「鉄の箱？　もっと具体的に言うと、どういうもの？」

「そういう記述しか余の中にないからわからん」

ベッドに座っているムルムルが首を横に振る。

ムルムルの知識が偏っていること、その著者が超古代文明のポスドク的な人物であることは把握している。

ただ、それにしても、ムルムルの知識の基盤は超古代文明の人間にあるのだから、その話を聞き出していくことによって、超古代文明がどんな時代だったかを復元することも可能なはずである！

ただ——結論からいくと、上手くいってない。

ムルムルが机にやってきて、紙に絵を描いた。

「絵にすると、こうかのう」

紙の上に棒と線が縦と横に並べられた。

「これは何？　チンアナゴ？」

チンアナゴは魔女の海洋生物学者が一時期、流行させた。

「違う。こっちのが建物で、こっちのが鉄の箱じゃ。この箱に人が詰め込まれて運ばれておった。朝はやたらと混んでおったそうじゃ。余の五十三ページに拷問のような苦しさと書いてある」

鉄の箱と言われても、それ、ただの横線なんだよな……。

「じゃあ、その詰め込まれてる人はどんな姿をしてた？」

「それは、こうじゃな」

棒人間の絵ができた。

「多分、二足歩行をしていたということしかわからん！」

「あー、できん！　余は知識を使った説明はできるのじゃが、創造的な仕事は苦手らしい」

ムルムルはふてくされたように、ぴょんとベッドに飛び乗って、ごろごろ回りだした。

「いや、才能のせいにするには早すぎる段階だから、もうちょっと練習すべきでは……」

そういや、絵で思い出すことがあった。

「ムルムルらしき絵は本の中に描いてあったんだけど、あれは何なの？」

棒人間などではなく、少女だとわかる絵が冒頭のほうにあった。

それは今のムルムルにそっくりだと言っていい。

「多分、著者の描いた絵じゃな。自画像なのかのう？　真相は不明じゃ」

「だとすると、けっこうかわいい子だったんだな、この著者」

ラメーンを毎日五杯食べたら、もっと太りそうだが。

内容的ににわかに信じがたいが、人間って自分の顔はプラス補正されるらしいので、本人だけはそう思っていたということはありうる。

「余の六ページによると、著者は友達がいなかったそうなので、友人に依頼することはできんかったらしい」

なんか、切ないな……。でも、コミュ力もあればなんらかの地位につける率も上がるわけだし、こんな不平不満の結晶みたいな本は書かなかった可能性が高い。

「それでも、絵はまあまあ上手だけど」

「何度も描きなおしたようじゃ。それと、著者は絵は正面からしか描けんから、ポーズをつけたりは無理じゃったらしい。まあ、絵の練習は一人でもできるからのう。このあたり、すべて

「イラストレーターになりたかった頃もあったが、上手になってから人に見せようと思っていたら、いつまでたっても上手くならないので諦めたそうじゃ。そこそこ上手いのもそのせいじゃろう」

「……なるほど」

本文に記述がある」

著者……そこは恥をしのんで、どんどんやっていかんと成長せんやつだぞ……。

「一回、まとめるよ。ムルムル、ありがとね」

私はノートに聞き取った情報をまとめた。

ううむ、超古代文明のことはわからず、著者の苦しみだけが蓄積されていく……。

研究というのは、本当に亀の歩みだ。むしろ、亀のほうがよっぽど速いかもしれない。

ベッドから寝息が聞こえるなと思ったら、ムルムルが私のほうのベッドで寝ていた。

ムルムルは寝つきがいいというか、起きるのも相変わらず早いので、早く寝る必要があるのだ。五時には起きて、朝食の準備をしてくれるからな。実体が本でもそこは人の生活と大差ないらしい。

朝食の準備というか、厳密にはラメーンの仕込みだが、まあ、似たようなものだろう。

私も夕飯などは手伝うようにしてるのだが、朝五時起きは限界がある。

それと、あまり私が自主的にやりすぎると、「その時間を研究に使えばよい！　偉大な研究者になることを優先せよ！」と言われてしまったこともあった。

ムルムルの目標は、親の立場になって、私を研究者として出世させるというもの。

なので、お言葉に甘えさせてもらっている面もある。

と、カランカラン、カランカランと外でベルが鳴っているのが聞こえた。

あれは来意を告げる小型個人ベルの音だ。

音で誰が来たかはわかる。


ドアを開けると、ハスカーンが立っていた。

「こんばんは、先輩。ちょっとお耳に入れたいことが」

「そんなこと言いつつ、いいワインが入ったとかそういうやつでしょ？」

「それもあります」

ハスカーンがワインを一本ちらっと見せた。

「よし、入室を許可する。魔女たるもの、ちゃんと夜はサバトをするべきだ」

「たんに、居酒屋さんを使う経済的余裕がなくて、家飲みになってるだけですけどね」

まあ、下手するとアルバイト半日分ほどのお金が一食で消えるからな。ただでさえ、魔女は夜更かしをする傾向が強いので、店飲みだと長居してしまい、コストも相当なものになる。

「ちなみに、ムルムルさんはどうされてます？」

「もう寝てる」

「そうですか。直接聞いたほうが面白いかなとも思ったんですが、ネタのために起こすのも悪いですよね」

私がグラスの用意をしている間にハスカーンは持ってきていた本を開いた。

ハスカーンの研究対象は古代文明語だから、本もそれに関するものだろう。それにしてもずいぶん古い本だ。

「これ、十六湖の周辺で栄えたカムユー王国の古写本です」

「ああ、うん。それぐらいはわかる」

古代文明語や古代文明の歴史も授業で必修だったので、基本的なことは知っている。

「で、カムユー王国で信仰されてた神像の絵が載ってるんですが。これです」

ハスカーンが開いたページを指差した。

ムルムルそっくりの絵が載っていた。

えっ？　なんで？　古代文明の神？

「……にてるね～。こんなぐうぜんもあるんだ～」

かなり、棒読みになった。

とはいえ、ハスカーンもムルムルを古代文明の神だとは思ってはいまい。

たんに、ちょっとしたお酒の話題として持ってきただけだろう。

しかし、私としては少しショッキングな内容だった……。

ムルムルが同郷の先輩魔女なんかじゃないと知ってるからな……。

「ああ、こういうの、写本が繰り返されるたびに、どんどんオリジナルから遠ざかっていくやつだ。そのうち、途中で、ムルムルに似ちゃったんだな」

もう一冊ハスカーンは本を出した。今度はかなり新しい。

「これは近年、カムユー王国の遺跡に行った研究者が記した本なんですけど、まだ神殿が砂に埋もれながら残っていて、それがスケッチされてました」

やっぱり、ムルムルそっくりの絵だった。

おいおい！　何が起きてるんだ⁉

ムルムルは実は神だった？

いや、それはない。ムルムルにそんな神々しさはない。しかも、時代も違う。

『虚無の書』は超古代文明語で書かれていて、カムユー王国ともつながってない。

「ハスカーン、最初にムルムルさんを見た時に、どうも既視感があったんです。やっとわかりました。こっちはサグルト高原で栄えたタジョー朝の神像の絵です」

また、ムルムルにそっくりだった。

あと、ムルムルが美化されていた。

「その二つの国は地域も違いすぎるし、文化的つながりも聞いたことないんだけど」

「そう、まさにそうなんです。何の接点もないはずの二国で、信仰されてる神の姿が無茶苦茶似てる、これってすごいことですよね～。あ、お酒どんどん飲んでくださいね」

いや、あまり飲む気にもなれないな……。

ふっと、ハスカーンの目が鋭くなった。マスクしてるから口元はずっと不明である。

「まさかと思いますが、アルルカ先輩、古代の神を召喚したりしてないですよね？」

怪(あや)しまれている……。

「ハスカーンって勘がいいんですよね。受験の時も勘で書いた答えが全部当たって、浪人せずに合格できましたし」

威張るようなことではない。

「ムルムルさんって、今も家にいらっしゃいますよね。同郷の先輩が来るぐらいは普通ですが、その先輩がなぜアルルカ先輩の家で、少なく見積もっても二週間ほどは暮らしてるんです？」

ハスカーンは立ち上がるとダイニングをクマみたいに往復しだした。

で、ぴたりと立ち止まって、こちらを見た。

「先輩、神を召喚できます？」

「そ、そ、そんなことができたら…………何十年もポスドクやるかっ！　召喚学の権威として、学会で年中ドヤ顔しとるわ！」

私は力強く叫んだ。

誤魔化すためというより、魂の叫びに近い。

「それに、召喚学の専門書なんて、この家のどこをあさっても一冊もないからな！　せいぜい、大学一年の時の全学部共通科目用の、大学生協でいつでも買えるベタな教科書しかないからな！　それで神が召喚できたら、この世界、神だらけだっ！」

ハスカーンはちょっと体を後ろに引いていた。

「す、すいませんでした……。ハスカーン、調子に乗りました……。どうも陰謀論みたいなのを信じたくなる年頃というか……。ですよね……。今のは忘れてください……」

信じてもらえたようでよかった。その代わり、先輩としての威厳は失った気がするが……。でも、ポスドク何十年やって、威厳を振りかざそうとしたら、かえって痛い人だから、これでいい。

その時、寝室のドアが開いた。

「ふあ～あ、なんじゃ、騒がしいのう。おう、ハスカーン、来ておったのか」

目をこすりながら、ムルムルが出てきた。

あっ……ムルムルがこの絵を見たらどういう反応を示すんだ……？

これで、しまったなんて顔をされたら困る。

まず、私がムルムルを信じられなくなるのが困る。

今までムルルがウソをついてただなんて信じたくない！

ムルムルはそんな私の気持ちなど知る由もなく、すたすたテーブルのほうに来た。

その視線が本に注がれる。

「うわ！　余にそっくりじゃ！　本当に同一人物というほどに似ておるの！」

あっ、ナチュラルに驚いて、はしゃいでいる。

「いやあ、不思議なこともあるもんじゃの。これ、どこのものじゃ？」

当たり前だが、ムルムルはカムユー王国もタジョー朝も何も知らなかった。ムルムルの時代にはそんな国家は存在してない。

「まっ、こういうこともあるんじゃろ。人間の顔の幅なんてたかが知れておるしのう。大昔はみんなミノタウロスみたいな顔じゃったなんてこともないわ」

「ムルムルさんの言うとおりですね。ハスカーンも納得しました。あっ、お酒どんどん飲みましょう」

私は言われなくても自分でついでいた。

憂いがなくなってのお酒は美味い！

ハスカーンもマスクの下を引っ張って、できた空間にコップを入れて飲んでいた。

もう、マスク外せよ……。

ハスカーンはムルムルと話をしたことで、他人の空似だと理解して帰っていった。

　ムルムルが起きだしてきてくれて助かった。

「であ～、かえひまふ～」

　顔を赤くしたハスカーンはふらつきながら森に消えていった。

「あやつ、あんなんで帰れるのか？　意識がもうろうとしておるようじゃが……」

「ああ、酔いに効く強烈な薬草を飲ませたから、それは大丈夫。そのうち、しゃきっとする」

　ポスドク同士のことはだいたい把握している。

「それならよい」

　ムルムルはゆっくりとドアを閉めた。

　それから私のほうに振り返って、首をかしげた。

「なんで、余の姿が後世の国家の神の像になっておるんじゃ……？」

「むしろ、こっちが聞きたいわ！」

　これにはムルムルもうろたえている！

　私の両腕をぎゅっとつかんでくるので、はっきりわかる。

「じゃって、さすがにあれは同一人物じゃろ！　余じゃろ！　なんで、アトランティス大陸では誰にも相手にされんかった余が、神様扱いされとるの？」

「偶然じゃないの？　そっくりさんじゃないの？　ていうか――」

　私はじっとムルムルの瞳を見つめて、尋ねた。

「あなた、本当は神様なの？」

「実績ない研究者が書いた本じゃぞ」

即答された。

ムルムルが来て二週間。

超古代文明のことがいまいち明らかにならないと思ったら――

まったく新しい謎が発生しました。

第5話

魔女、アトランティス大陸の最高神と出会う

その日、私はムルムルと一緒に大学図書館の地下三階にいた。

この大学図書館は地下墓地(カタコンベ)を再利用して建てられているので、地下のかなり深いところまで書庫が続いているのだ。

もしも地上の大学の建物がすべて焼かれても、この図書館の蔵書だけは残る。

火事が図書館の地下で起きても、すぐに水魔法を出す魔法陣が感知して、水をかけるようになっているので問題ない。

「ふーむ、そうか、そうか。そういうことなのじゃな」

ムルムルが本をめくりながら、うなずいていた。

なお、私と会話できることの延長で、今の時代の言語も読めるらしい。

おそらくムルムルが本なので、厳密には生物というより、心を持ったアーティファクトに属するからだろう。感情を持ったゴーレムなどの開発は今の時代でも成功してないが、超古代文明では楽勝だったようだ。

書庫中心の地下三階にもテーブルは各所に置かれてあるが、かなり冷えている地下三階で本をじっくり閲覧(えつらん)する魔女はいないので、私たち以外の利用者はいない。

なので、人に聞かれてまずいような私語をしても大丈夫だ。

「ムルムル、何かわかった?」

「余にそっくりの神はいろんなところに分布しとるの。それと、多くが破壊神という設定になっておる」

「なんか、怖そうな情報だな……」

「いや、別に神話の中でも悪魔みたいなことはしとらんぞ。いずれも、悪しき神や邪竜などを打ち倒して、平和をもたらした存在じゃ」

ムルムルの開いている本には、いずれもよく似た神像の絵が掲載されている。

「それで、超古代文明に関するようなことは、どこかに書いてあった？」

「なかった」

即答された。

「本当に関係しとるんかのう。だいたい、時代が違いすぎる。いつ超古代文明が滅んだのか、余も見とらんから知らんが、今の基になる古代文明が生まれるまでとんでもないズレはあるぞ」

たしかにミッシング・ピースも空白期間も多すぎる。

では、ムルムルみたいな神像が多いのは、ただの偶然か？

いや、それにしてはできすぎている。

あと、各地に同じような神像が伝わっているからこそ、かつて共通の神話がどこかにあって、それが広まったと考えたほうがいい。

もし、それが沈んでしまったアトランティス大陸の文明だとしたら、ムルムルに似たどの神がオリジナルに当たるのかわかっていないのも当然だ。オリジナルの生まれた土地すら消滅してしまっているのだから。

　私はその仮説をムルムルに伝えた。

だてに長く研究者をやってない。妥当性の高い説を提示はできる。

「なるほどのう。じゃが、余は神ではないし、神を倒したこともないぞ」

　それはわかってる。でも、ちょっと気になりすぎる……。

「あっ、ムルムル、あなた以外にこの世界に超古代文明の記録や遺跡がしっかり残ってるところってないの？」

　こうして『虚無の書』があるのだから、ほかにもすごい記録が隠されているかも。

「可能性はあるのじゃ」

　ムルムルはまた違う本を開いた。

「それは超古代文明の神について考察した名著、『超古代文明神格序説』じゃん！」

「おお、そなたも知っておったか。ということはこの時代には有名な本なんじゃな」

「有名っていっても研究者の中で有名なだけだけどね」

　その本では、とある砂漠で見つかった超古代文明語と思しき碑文の内容が分析されている。

「この碑文にはエルディーナという名の神が出てくるじゃろ」

「うん、今でも世界のごく一部で信仰されてる。その本は、エルディーナ神が超古代文明の神だと実証的に論じたものだから」

「正解じゃ。この神は本当に超古代文明の時代からおった」

この言葉を著者に伝えたら、感激でショック死するのではないだろうか。

超古代文明研究が無駄ではなかったことが私の目の前で証明されている。

図書館の地下室という、とんでもなく地味なシチュエーションだが、今、ここで、歴史が動いてるぞ。

「この神はアトランティス大陸における最高神で、豊穣と戦争を司っておった。神殿も各地にあったし、エルディーナを讃える碑文もたくさん作られておったじゃろうから、これも碑文の一部じゃろう」

「そっか。アトランティス大陸が沈んだとしても、その前に船で脱出した人がいれば、碑文を持って逃げることもできたよね。信仰対象の情報なら残ってるかもしれないのか」

「しかし――」

ムルムルはそこで本を閉じた。

「最高神のエルディーナの容姿に関する記述すら、今の時代には発見されておらんな。なら、ほかのもっとマイナーな神は推して知るべしじゃろ」

う～ん、とムルムルは両手を上げて、背中を伸ばした。

「この調子では、余に似た神のつながりなんて、あるとは思えん」

「迷宮入りか……。ちなみにムルムルはアトランティス大陸でのエルディーナ神のヴィジュアルはわかる?」

「うむ」

また、ムルムルは絵を描いた。

棒人間の絵を。

「……うん。だと思った」

「すまん……。絵心がないのじゃ……」

しょうがない。研究というのは、亀の歩みが当たり前なのだ。

「帰ろうか。今日はいい収穫があったし」

「収穫? あったかのう?」

ムルムルが首をかしげた。

「エルディーナ神が大陸の時代からいるってムルムルが教えてくれた」

★

地下の図書館から地上に出ると——

外はとてつもない嵐だった……。

ホウキに乗った魔女が飛ばされて、パンツ丸出しで悲鳴をあげていた。

「しまった、今日は昼から嵐になる日だった……」

地下でついつい熱中して時間感覚がなくなっていた。

私はムルムルのほうを見た。

「この風だと、ムルムル、飛ばされるかも」

「おい、失礼なことを――うわ！　自由がきかん！」

「本当に飛ばされてる！」

――ムルムルがかなり遠くまで飛ばされていったので、あわてて回収した。

「これは徒歩での帰宅は危険だな……。ひとまず、研究室に避難するか」

「まあ、よい。余に便利なものがある」

ムルムルはまたふところからモノリスを出した。

「ムルムル、どれだけそういうの、持ってるの？」

「いっぱい持っておる」

超古代文明は謎のモノリスで成り立っていたようなものだな。

それは片手で持てるほどの小さなモノリスで、よく見ると超古代文明文字の数字に当たるものが書いてある。

「これで魔法馬車を呼び出す」

「魔法馬車？」

合計十一回、ムルムルは数字に当たるところを押した。

「これで来るのじゃ。しばし待つ」

「来るって何が――」と私が言いかけた時には、目の前に車輪らしきもののついた妙な箱が出てきた。

横から見ると、凸の形に近い。

「な、なんだ、これ……」

「泪の森の家までだと二千ゴールドほどかかるが、持っておるか？」

「うん、社会人なので、いくらなんでもそれぐらいは財布に入ってる」

「ならば、問題ない。乗っていくのじゃ」

ムルムルは箱の中に飛び込んだ。私からは箱に吸収されたみたいに見える……。

「まあ、安全なんだろう……」

意を決して飛び込むと、そこはゆったりした座席になっていた。

「では、出発じゃ。泪の森の一軒家まで」

ムルムルがそう言うと、その箱はいきなり動きだした！

全速力の馬に匹敵するような速度！

いったい何だとこっちを驚いて見ている人もいた。

魔女は変な魔法を使うものだし、おそらくそこまで噂にはなるまい。

「これが魔法馬車か！」

「正式名称はシータクという。魔法で呼び出して、降りる時に、その世界の通貨を払う。今なら、この時代の通貨を払えばよい。それが魔法の消費コストの代わりになる。あとは呼び出し用のマナが別途いるが、そっちは誤差じゃ」

「もし、お金が足りなかったらどうなるの？」

「体からマナを抜き取られる。無茶苦茶疲労するらしいのう」

お金が少ない時に使うと危ない魔法なんてあるのか……。

魔法馬車は嵐の影響もまったくなく、十五分ほどで私の家の前に着いた。

「二千百ゴールドじゃな。そこに小箱があるじゃろ。入れてくれ」

私が言われたとおりにすると「またのご利用をお待ちしております」という声とともに、魔法馬車は消えた。

「おお……これが超古代文明の魔法か……。すっごく便利だ……」

「モノリスで呼び出しさえできれば、魔法が使えん奴も乗せられるし、重宝しておったそうじゃ。余の著者は金がないから、滅多に使わんかったそうじゃが。三百七十二ページに書いてある」

「毎日は使えないな……。悪天候の時限定か……」

さて、雨でぬれまくる前に家の中に入ろう。

その時だった。

「旧大陸の魔法の反応がありました。そこで間違いないようですね」

なんだ、この声……？

私の頭に直接響いてきたような……。

不可思議なことはさらに続く。

――ズドオオオオン！

雷が私の家の真横の木に落ちた！

「怖っ！ 心臓にまで響いたぞ！」

不老不死なのに寿命が縮むかと思った。

でも、雷の余韻を味わっている余裕もなかった。

雷が落ちて、真っ二つになった木のところに女性が一人立っている。

やけにゆったりとした服装だ。抽象的な表現になってしまったが、一枚の布をぐるぐる巻きつけたような格好で、それを腰のあたりでオビ状のもので締めている。

頭にはツノが生えているし、魔族だろうか？

「あなたが『虚無の書』ですね？ あの破壊神ということでよろしいですね？」

丁寧だが敵愾心のこもった声を、その女性はムルムルにだけ向けていた。

私は、どうもスルーされていた。

ムルムルは、「そんなバカな……」という顔をしている。

「あの、すいません、どちらさまでしょうか？」

私はその女性に質問する。

超古代文明の本の中にはトンデモ系の割合も高いので、異常事態は慣れていた。

その人はちらっとこちらを見た。

「わたくしの名はエルディーナ。アトランティス大陸の最高神でございます」

丁寧にその女性は頭を下げてきた。

最高神という割には腰が低いな。いや、それどころじゃない。

「エルディーナって……。あの神様が出てきた……？」

「はい、一部で細々と信仰されてきたので、かろうじて顕現できました」

たしかにエルディーナを信仰する特殊な教団もないことはなかった。超古代文明の末裔が信じてるとかではなくて、よくわからんがすごい神だと思い込んでるぐらいの発想だろうが。

でも、どっちにしろ、神様が出てくる時点でとてつもないことだ。

「今日、わたくしが出てきたのはほかでもありません」

右手の人差し指で、その最高神はムルムルを差した。

「アトランティス大陸を沈めた、この者に復讐するためです」

ムルムルは目をぱちぱちさせていた。

「余？」

で、自分の右手の人差し指で顔を差した。

「です」

そう、エルディーナ神が言った。

………………。

しばらく、やけに長い間があった。

「あ・り・え・ん！　余はただの本じゃぞ！　だいたい、余の中には大陸を沈めるほどの大規模な魔法など書いておらん！　せいぜいリア充を爆発させることを考察した程度じゃ！」

それはそれで悪質だが、たしかに規模はだいぶ違う。

「なるほど。自覚はないようですね。それでは説明をいたしましょう」

エルディーナ神は雷の落ちた隣の木に体を預けた。雨宿りも兼ねているのだろう。

「あなたの著者『二千五百歳の童女』は、あなた――『虚無の書』を書くために、元になる魔法実験の記録を遺(のこ)していました」

そうか、トンデモ本とはいえ、ちゃんとデータやらは用意してたんだな。

「あなたの元の記録は遺品整理をした研究者から絶賛され、その著者は大陸でも伝説扱いされたのです。いわば、あなたの著者を信奉する秘密組織のような教団ができたのです」

「じゃあ、余がおぼろげに覚えておる、やけに厳重に保管されておった記憶は――」

「その者たちが聖典として崇め奉ったのでしょう」

「ちゃんとマイナーなポスドクのままじゃなくて、死後（？）には評価されてたんだ。ムルムル、よかったね……」

目頭が熱くなってきた。うん、研究というのはちゃんと後世の人の世に役立つこともあるんだ。私もめげずに頑張ろう。

「いや、余は著者本人ではないし……どうせなら死後に評価されずに生きてるうちに評価されたいわ。全然、うれしくないわ」

う……。ポスドク期間が長すぎて、教授になれるというイメージすら抱けなくなってきている。絶対に教授の肩書で本もたくさん出すからな……。

「ところで、未来には食べても食べても太らないラメーンが作られたりしたんか？ それとも、かえってやせるラメーンでもできたんか？ 今日の晩御飯はお祝いにラメーンじゃな。鳥白湯ラメーンじゃ」

「いや、お祝いじゃなくてもラメーンの予定だっただろ。理由つけて正当化しようとするなよ……」

「薬草のおひたしも作るから、それで栄養バランスはとれるのじゃ。案ずることはない」

「わたくしを無視しないようにしていただけませんか？」

エルディーナ神がギロッとムルムルをにらんだ。

ムルムルがさっと私の後ろに隠れた。

やっぱり怖いよな。神様だもんな。

「なんか勘違いされているようですが、ラメーンのことなんて何も進展していないですよ。あなたの草稿や記録で注目されたのは、リア充を爆発させるという発想です」

やっぱり、そっちか。

「草稿自体はひどくでたらめなものでしたが、爆発に関してはけっこういい線をいっていたのです。そして……数百年の年月は必要でしたが、リア充どころかアトランティス大陸を沈没させるほどの巨大な爆発魔法ができ……不幸にも実行されてしまったのです！」

えらいことになってた！

まさか、一人のうだつの上がらない研究者の逆恨みがきっかけで、超古代文明が終末を迎えることになっていたとは……。

「わずかな人間だけが、大陸が沈む前に逃げ出しましたが……その中には大陸を爆発させた側の者も交じっていました。その者たちとその末裔が祀ったのが、あなたに似た姿の各地の神です！　わたくしもかろうじて信仰が絶えずに存続できましたが、各地に現れたあなたの姿の神像には怒りが湧いて湧いてたまりませんでした！」

この女神はよほど腹が立ったのか、落ちている枝をぼきぼき折りだした。まあまあ、怖い。

あと、にらんでいる対象はムルムルらしいのだが、そのムルムルは私の後ろに隠れているので、私がにらまれている格好になっている。

「ああ、謎が一個解けたや」

「む、アルルカ、何がわかったのじゃ？」

「古代文明、つまり私たちの文明の祖先にはアトランティス大陸という世界の次の世代の文明だという意識が少しはあったんだよ。だから、ムルムルに似た神は、古い神とかを滅ぼす破壊神になってるわけ。つまり大陸を沈めた事実が元になってる」

「そう！　そう！　そこなんです！　こっちは悪者扱いされてるし、最悪ですよ！　爆発させて沈めたのは、そっちのほうなのに、なんで英雄扱いなんですか！　極悪人も時間が経過すると、キャラ化して受け入れられるって風潮、わたくし、おかしいと思います！」

アトランティス大陸の最高神にとったら、そうだろうなあ……。

落ちていた無茶苦茶太い枝も、エルディーナ神は容赦なく折った。神だけに見た目の割に腕力はあるらしい。

「というわけで、説明は以上です。ええと、そこの、むす……女性」

「もう、娘って言えばいいでしょう。戸惑うの失礼ですよ……。ちなみにアルルカです」

「すいません、以後気をつけます」

そこは素直に謝るんだ。

「すみませんが、その『虚無の書』を渡していただけませんか？」

言葉はやわらかいが――

実質、それは命令だ。

「エルディーナ神、それはおかしいです。ムルムルは直接大陸を沈めたわけではないはずです。罰を受けるいわれはありません」

私の脇腹がムルムルにぎゅっと握られる。ムルムルも怯えている。

それはいいんだけど、脇腹をつかむな。地味に痛いから、服だけつかめ。

「だとしても、その本が人の姿を持っているということは、著者の魂は一部共通していることになります。それに、その本が存在しているかぎり、またあの恐ろしい爆発魔法が作られるおそれがあります。今のうちにしかるべき処置を――」

「お断りします」

私は丁重に言ってやった。

「おといきやがってください。この子は絶対に渡しません」

聞いていたら、どんどんムカついてきた。

何様のつもりだ。ああ、神様のつもりか。

「神であるわたくしに歯向かうのは、あまり利口な判断ではありませんよ」

「お言葉ですが、今すぐ大学の教授になれるぐらいに利口です。論文数も相当あります」

「学問の話は知りません」

しまった。学会でポストでマウンティングとってくる奴にやり返す技術が素で出た。

「命が惜しくないのですか？　これから幸せな未来がたくさん待っているでしょうに」

幸せな未来だと……？

「こっちはとっくに超古代文明の研究に命懸けてるんだよ！」

私は絶叫した。

叫んだほうが怖さも軽減できるからというのもある。

そりゃ、私も怖いし、命もそれなりに惜しいが、引けない時もあるのだ。

「幸せな未来を求めて、こつこつ研究して、サボらずに論文も雑誌に載せてきたけど、ずっとポスドクだからな！　もう、退路なんてなくなってるんだよ！　譲れる道なんてない！」

ここでムルムルを引き渡すという選択肢は絶対にない。

どれだけ、根拠を示されても無理だ。

「エルディーナ神、研究者には最低限の倫理意識がいるんです。ここで怯えてムルムルを手放すというのは、その倫理に反します。そんなことするぐらいなら、一生ポスドクでいい！

…………いや、あと五年ポスドクでもいい」

一生は言い過ぎだ。しかも、当方、不老不死だし……。

私は両手を突き出した。護身用に軽い攻撃魔法程度なら使えなくもない。

それで倒せるとも思えないが、やらんよりはいい。

「申し訳ありませんが、魔女ごときが神であるわたくしにはかないません。信仰が衰えているとはいえ、わたくしは神です」

どこか憐れむような目で、エルディーナ神は私を見た。

同情するぐらいなら、職をくれ。

「知ってますよ。でも、どんな大家が相手だろうと、論がおかしいと思ったら批判するのが研究者というものなんです。神の言葉でもおかしいと思ったら、立ちはだかりますよ」

私は、なぜか母性的なものを感じていた。

具体的に言うと、ムルムルを守らないといけないという気持ちだ。

まあ、ムルムルのほうが長生きしてると思うが、人間、見た目に引きずられるのだ。

こんな小さな子を差し出せるか。

炎の壁を張るか。妨害ぐらいにはなる。その間に氷のかたまりでもぶつけてやれ。そこから先は……その時になったら考えることにしよう。

だが、ぐいぐいと服を引っ張られた。

ムルムルだ。

「大丈夫じゃ、アルルカ、余がやる」

そのムルムルの声はそれなりの自信に満ちていた。

「ムルムル、できるの？」

「そなたよりは戦力になる」

ムルムルは私から離れると、つかつかとエルディーナ神のほうに近づいていく。

ぱっと見は無防備だが……。

「『虚無の書』、丸腰とはいい度胸ですね。それとも、降伏ということですか？」

「いいや、余はそなたと戦うつもりじゃ。攻撃をするなら、好きなようにせい」

「では、先手必勝でいきます。大地の力よ、豊穣（ほうじょう）の神たるわたくしに力を！」

地面から根っこが飛び出しまくる。

やっぱり植物を自由に扱うような能力があるのか。

だとしたら、地の利は完全に相手にあるし、ムルムルはいきなりピンチなんじゃ……。

根っこは次々にムルムルに襲いかかった。

あれでは思いっきり吹き飛ばされる！

「ムルムル、よけて！」

だが、ムルムルは私のほうを見て、にっこりと笑った。

それが最期（さいご）の表情みたいで不吉に思えたが――

口から八重歯（やえば）がのぞいたところは、湿ったものには感じなかった。

「本である余に危害が加えられると、身を守る機能が発動するのじゃ」

そういえば、そんなことをムルムルに会った時に聞いたような……。

ムルムルはぴょんと、常人離れした跳躍力で、その場を離れると――

エルディーナ神に抱きついた。

そこに根っこがムルムルを目指してやってくる。

「え、爆発？　どういうことですか？」

「神よ、すぐにわかる」

次の瞬間――その場は白い閃光と轟音に包まれた。

私の五感は一時的に使いものにならなくなった。

おそらく一分ほどたっただろうか、私もようやく周囲を確認する余裕が生まれた。

私は無傷のようだし、ということは後ろにあった家も壊れたりしてない。

いや、それよりもムルムルは？

私の正面はまだ白煙で何も見えない。

「ムルムル！　ムルムル！　大丈夫？」

爆発など知らぬ体で降り続ける雨と風が白煙を少しずつ流していく。

その先にサムズアップして笑っているムルムルが立っていた。

さらに先にはエルディーナ神が倒れていた。

「あっ、普通に勝ってる」

「うむ、普通に勝った」

ムルムルもいいドヤ顔をしている。

「アトランティス大陸の時代なら最高神などと戦って勝てるわけがないはずじゃが、ほぼ信仰されておらん時代であるからじゃろうな。余が圧勝してしまったようじゃ」

ムルムルは後ろを確認しながら言った。

「念のために聞くけど、生きてるよね？　神様を殺したとかになると、罰当たりどころじゃないような……」

「生きてはおる。というか、多分物理的な魔法で命を奪うことはできんと思う。ちょっとしたケガってところじゃろ。ダメージより目の前で爆発されたインパクトが大きいのじゃろう」

なるほど。よく見るとエルディーナ神の服は破れたりしていない。物理ダメージは効かないのかもしれない。

しかし、どうしたものか。

敵だったとはいえ、気絶して雨ざらしになっているのをそのままにするのも、研究者倫理以前に人としてどうかと思うし。

あと、気絶しているうちに逃げようにも、逃げ場もない。ここは私の家の前だし、向こうはムルムルの超古代文明の魔法の気配を察知したようだし。

……………しゃあない。

「ムルムル、ひとまず、家にまで運ぼうか」

「わかった。危険を承知でそなたがそう判断するなら、それに従うまでじゃ」

ムルムルも私の判断を肯定してくれているようだ。

「また、攻めてきたら、その時はその時ね」

「その時は、また余が勝つ。心配するな」

ムルムルは両手で、その神を頭の上にリフトアップした。

人の姿をしたものに対する運び方じゃないな。

★

しばらくベッドに寝かせていたら、エルディーナ神は目を覚ました。

「むっ……ここは……どこですか？」

がばっと、エルディーナ神は体を起こした。

神というものを初めて見るのだけど、肉体は普通にあるらしい。

「ここは私の家です。ほったらかしにもできないので、応急処置ということで」

ベッド横のテーブルには、各種の薬が置いてある。

中には自分で調合したものもある。それもマクセリア魔女大学で習ったものだ。なんだかんだで、大学の授業って意味がある。「大学で習ったことなんて無駄だ」って言ってる魔女は、よほど薄っぺらい生き方をされてらっしゃるのだろう。

「とくに深い傷もないみたいだし、回復するんじゃないかって思ったんだけど、よかったです」

じぃっと、エルディーナ神は私の目を見つめた。

なんだ？　洗脳したりとか、そんなことはしないでくださいよね……？

「敵だったわたくしを看病してくれるだなんて、あなたは神ですか⁉」

「神はあなたです」

まあ、感謝されてるからまずいことではないけど、変な感覚だ。

「アルルカさんでしたか、あなたには大変お世話になりました。つきましては、ささやかではありますが――」

まさか、好きな願いを何でもかなえてくれるだとか、そういうことがあるのか？

だったら、ぜひとも教授に！　いえ、そこまで贅沢は言わないから、せめて准教授か助教に！　非常勤や契約でない講師でもいいです！

「――これをどうぞ」

エルディーナ神はふところから羊皮紙らしきものを出してきた。

ムルムルもそうだけど、みんなふところから出してくるな。

そこにはこう書いてあった。

任命状
あなたをエルディーナの最高位の神官に任命します。

「えっ？　神官……？」

「はい、つまらないものですが、わたくしからの感謝の印です」

エルディーナ神はにこやかに微笑んでいるので、ふざけているのではないらしい。

「いや、別に神官になりたいわけじゃ……あっ、この神官って給料出ますか？」

安定してお金の出るポストなら、どこかの神殿の神官勤務とかでもいい。

実際、神殿付属の美術館や宝物館の学芸員に就職してる魔女もいるし。

「いえ、名誉職みたいなものなので、出ません」

にこやかに言われた。

「せっかくですが、辞退します」

私もにこやかに答えた。

「神が与えたものなので、辞退する権利はないので、受け取ってください」

「ただの強制かよ」

「人間同士でも、『つまらないものですが』って渡したものを『つまらないなら受け取りません』って言ったら失礼でしょう？　失礼はよくないですよ。建前でも受け取ってください」

　神が建前を語っていいのか？

「まあ、場所もとらないので、そのへんの引き出しにでも入れておきます」

　本当に食べるのに困ったら、これを持ってエルディーナ神を祀ってる神殿や組織を探して突撃しよう。食事の面倒ぐらいは見てくれるだろう。

「もっとちゃんとした感謝をしたいのは本当なのですが、わたくし自体が目覚めたばかりなので。すみませんねえ」

「いえ、私は半分以上、部外者でしたし。それと感謝をするんだったら――」

　ちょうど、ドアが開いた。

「粥を作ってきたぞ。おっ、ちょうど起きてきたのじゃな」

　トレーを持ったムルムルが入ってくる。

「――あのムルムルのほうにお願いします。ムルムルは回復魔法も使って、エルディーナ神を治療したんですよ」

「……『虚無の書』には、リア充対策の魔法だけじゃなく、基礎的な魔法がいろいろ記述されておる。著者は、変な奴ではあるが、才能はあったのじゃろうな……」

ムルムルはエルディーナ神から、視線をそらした。

それはエルディーナ神も同じらしく、気まずそうな顔をしている。

戦った相手だし、しょうがない面もあるが、しょうがないとばかり言ってもいられない。

ここは、アトランティス大陸で生まれていない私が関係を取り持つべきだな。

ぱんぱん、と私は手を叩く。

「はい、エルディーナ神、ムルムルに感謝の言葉をお願いします」

小さく「うっ……」という声が漏れた。

「自分の傷を回復させた存在に感謝しないのは、神としてもいただけません。そうですよね？ね？」

「仕方ありませんね……。あ、ありがとうございました、『虚無の書』さん！」

エルディーナ神が頭を下げた。よし、大きな山は越えた。

「はい、今度はムルムルから『どういたしまして』と言って！」

私は目力で誘導する。手当てをすることまではやってるんだから、あとは言葉にするだけだ。

「ど、どういたしまして……。その、エルディーナ神様、『虚無の書』というのは落ち着かんから、ムルムルと呼んでほしいのじゃ……」

「そうですか。では、わたくしのほうもエルディーナでよいです。神として君臨しているというような状況でもないですし……」

よし、どうにか丸く収まったようだ。

「とはいえ……ムルムルの中に危険な魔法が生まれる要素が含まれているのは事実なので、そこは監視したいと思います。ムルムルというより、それを悪用しようとする者の監視ですが……」

きまりが悪いのか、彼女はそう付け加えた。

「はい、それぐらいならいいんじゃないでしょうか」

私も賛成した。

神が監視してくれるなら、それに越したことはない。

「さあ、ちょうどお粥もあることだし、エルディーナ神もどうぞ」

「では、お言葉に甘えましょうかね。それと、アルルカさんもエルディーナでよろしいですよ。この時代には、あまり神らしくやっていませんから。タメ口でOKです」

「ええと……あ、ありがと、エルディーナ」

神をタメ口で呼べるようになったのに、ポスドクであることは変わらず。

研究者生活は非常に厳しい。厳しすぎる。

ずっと、お粥のトレーを持っていたムルムルの手がぷるぷるしはじめていた。まずい。短期的にすごい力も出せるようだけど、そのくせ、持久力はほとんどないらしい。

「よしよし、じゃあ、トレーを膝(ひざ)に置くぞ。バランス大丈夫か？」

「別にケガも重くないですから、お粥ほど軽いものじゃなくてもいいですけどね」

もっとも、そのお粥からは強烈な鶏(とり)のこってりした香りが漂っていた。

「余特製の鶏白湯(ぱいたん)粥じゃ。夕飯用に作っておいた鶏白湯ラメーン用のスープを転用した！」

「あっ、そんなに軽くもないお粥ですね……」

「いや、鶏白湯はまだ軽いほうなんです」

明日は私がムルムルの作ってる自家製麵で、ヘルシーに、ラメーンサラダにするか。


そのあと、夕食も一緒に食べてから、エルディーナは帰っていった。

「それでは、またお会いいたしましょう」

「はい、超古代文明のことを聞かせてください、ガチで」

どこに帰ったかは知らないが、家を出ていったのは確実だ。

まあ、神様なのだし、会いたいと祈ったりすれば、また出会えるだろう。

翌朝、いつものようにムルムルに起こされた。
「アルルカよ、朝ラメーンができたぞ」

「かたくなにパンで済ませたりせずにラメーン作ってくるな……」

私よりムルムルがはるかに早起きして朝食の準備をしてしまうので、半分は私の責任だが。

「服はそこに置いてあるのじゃ。ちょうど着替え終わった頃に朝ラメーンを提供するから、そのつもりでな」

「はいはい」

そして、私はムルムルと朝ラメーンを食べていた。朝ラメーンだからか、ソイソースという豆の発酵調味料をベースにした、さっぱり系のソイソース・ラメーンだ。

いつもどおりの食卓のはずなのだが、何かが違う。

部屋を改めて確認するが、増えたり減ったりしているものはない。

いや、しかし、こういう時はきっと変化があるものなのだ。

じぃ～っと確認をしてみて、ついに発見した。

「窓から見える景色が違う！」

私はあわてて窓のほうに移動した。

「むっ、アルルカ、どうしたのじゃ？　窓辺にハスカーンでも立っているのか？　それとも野生のシカでもおるか？」

「違う、そういう一時的なやつじゃなくて――家が建ってる！」

私はすぐに外に出た。

そこには家というより神殿が建っていた。

ただ、神殿といっても、この世界で一般的な石造りのようなものとは違い、すべて木造のようだ。屋根もワラみたいなので葺(ふ)いてある……。

と、その神殿のドアが開いた。

エルディーナが出てきた。

「あっ、おはようございます、お二人とも」

にこやかに、エルディーナがおじぎをする。こんな時でもやっぱり礼儀正しい神様だ。

「おはようございます……。あの、これは……？」

「ムルムルを監視するためには近くに住んだほうがいいだろうと考えて、せっかくなので、ここに神殿を建てました」

まさか徒歩十秒のところに新築の住宅（？）ができるとは。

「今後とも、よろしくお願いいたします。あっ、これはアトランティス大陸の風習であった、引っ越した時に配る食べ物です」

エルディーナからもらったのは乾燥した麺類だった。

「また、麺……。でも、ムルムルの自家製麺とは違うな」

「それはソバという穀物で作った麺類で、そのまんまソバと言います。冷やしでも、あったかいのでもどうぞ」

「ほほう。これも余のスープに入れてみようかのう」

ムルムルも早速、取り入れるつもりのようだ。

長らく、私の家しか建造物のなかった泪(なみだ)の森。

そこに新たな物件と、新たな住人が増えました。

第6話

魔女、お賽銭を払う

長らく泪の森で一人暮らしをしていたが、ついに同居人ができて、さらにはお隣さんまででてきてしまった。しかも神様だし。

やはり、ポスドク期間も六十年となってくると、いろんなことが起こるものだ。

ただ、神様の家に遊びに行っていいものかどうかわからないので、数日の間、私はエルディーナ神殿にはノータッチで、家と大学との往復を繰り返した。

ムルムルはついてきたり、家に残ってラメーンの仕込みをしたり、ギョザールの具を皮で包んだりしていた。

そして、エルディーナ神殿が隣にできてから五日後の夕方。

ムルムルとマクセリアの市場で買い物をしていると、エルディーナと出会った。

ちょうど、お店の肉の前でお兄さんと談笑している。

「お姉さん、きれいだから、サービスしちゃうよ！」

「あらあら～、話がお上手ですねえ。じゃあ、わたくしは、この鴨肉を一キロいただこうかしら～」

「毎度！　ところでお姉さん、変わった格好だけど――」

あっ、お店の人が違和感に気づいた。

それはわかるだろう。おそらく、この市場でほかにあんな服装の人はいないのだ。

「――まあ、魔女の学生さんたちはみんな変わってるのが普通だもんな」

問題なく順応している！

「ふむ、なかなかふところの広い者じゃな。若いのに感心じゃ」

「ムルムル、どっちかというと、変な人に慣れてるせいだと思うよ」

マクセリア魔女大学が近くにあるせいで、マクセリアの住人は鍛えられている。

しかし、そのおかげで私も長くここで暮らすことができている。今後も変人を受け入れる気風は残しておいてほしい。

私は買い物が終わったエルディーナに声をかけた。

「こんにちは。神様でもカジュアルに買い物するんだね」

というか、神様でも食べるんだ。まあ、食べるから購入しているのだろう。ムルムルも魔導書だけど、食事するし。

「ええ。ずっと神殿に閉じこもっていても、心が狭っ苦しくなりますから。よろしければ、また遊びに行ってもよろしいでしょうか？」

名案を思いついたというように、エルディーナは手と手を合わせた。

「こちらは何の問題もないよ。むしろ、アトランティス大陸の話も聞きたいし。ムルムルもいいよね？」

私が家主だけど、ちゃんと同居人の確認もとっておく。

私よりはるかに長生きなので、そこはリスペクトの精神を持って生きたい。

「うむ、無論じゃぞ。存分にもてなすのじゃ。この時代に出てきた者、残った者、ともに楽しく過ごすべきじゃからの」

うん、小さいことにせこせこしないところは、さすがだ。

私はよしよしと頭を撫でた。

すぐにムルムルが隣に一歩移動した。なかなか、撫でさせてはくれない。

「じゃが、ラメーンやギョザールの数が違ってくるから、前日までに言っておいてくれるとありがたいかの」

ラメーン食べさせるの前提か。もてなさんよりはいいのだろうか。

「そうですか。では、明日以降にしましょう。塩ラメーンをお願いできますか？」

あっさりとメニューを指定した！　ある程度の共通認識がある！

「わかったのじゃ。よい岩塩と藻塩を用意する。それだけでは足りんじゃろうから、チャーシュー丼も作ろうかのう」

私の感覚だと、神様に提供する料理ではないが、大丈夫らしい。

さて、どうやら今日はエルディーナはうちに来ないことになったようだけど——

なら、その逆はどうだろう。

「じゃあ、今日はエルディーナの神殿に行ってもいいかな？」

はっきり言って、アトランティス大陸の神の生活空間はものすごく気になる！

　別に私だけの特殊な感情ではないはずだ。最低でも、超古代文明を研究している人間なら全員、たまらなく見たい。一般人でもけっこう見たいはずだ。

　超古代文明における信仰や祭祀なんて、ごく一部しか解明されてないわけで、十五分訪問して得た情報だけで、一生分の論文を書くことすら可能な次元だ。

　そんなありがたい機会が今の私には与えられている！

　この機会、とことん利用させてもらうぞ！

「神殿にですか。まあ、止めはしませんが……」

　むむっ。この反応は気乗りしないということらしい。

「わたくしの神殿、なにかとうるさいですよ」

「うるさい？　一人暮らし（？）ですよね？」

「はい、ほかの神は合祀されていませんので」

　小さく、いかにもお嬢様といった可憐さで、エルディーナはうなずいた。

　その神殿は音楽でも流れている仕様なのか？　だとしても、私の家にまで響いてきたことはないし、そんなに気にすることでもないだろう。

「私はうるさくてもまったく問題ないから！　むしろ、押しかけてお騒がせしてしまって、こっちが申し訳ない側だし」

「余もついていこうかのう。余の知識にはエルディーナ神殿の中身などまったく書いておらんから、アルルカと同じく新鮮じゃ」

たしかにムルムルも大陸のことは知らないことのほうが圧倒的に多い。知識が一部の料理にばかり特化している。

「今日はラメーンの仕込みが必要ない日でな、時間があるのじゃ。油ラメーンじゃからの」

「油ラメーン？　はて、それは聞いたことのない名前ですね」

大陸の神も知らない料理なのか……。やはり、特化した知識だ……。

「ああ、エルディーナ神の信仰されている土地ではあまり知られておらんかったのじゃろうな。いわば、汁なしのラメーンじゃ。香味油と麵、お好みの具を入れて、それをぐちゃぐちゃに混ぜて食べる。容赦なく、混ぜまくれば混ぜまくるほどよい！」

聞いているだけでもくどそうだ……。

「これなら準備もいらんし、いつでも食べてもらえるぞ」

ふるふると、エルディーナは申し訳なさそうに首を振った。

「せっかくですが、わたくしはそれはけっこうです。聞いた感じだと、わたくしの神としてのイメージを損ないますので。清純派ですので」

清純派の使い方、おかしい気がする。

とにかく、私とムルムルはお隣に行くことになった。

せっかくだし、エルディーナと一緒に泪の森まで帰る。

そして、到着した時に、こう言われた。

「十分ほどしてから、来ていただけますか？」

神にも部屋の後片付けなどが必要なのだろう。


そして、十分後。

私とムルムルは神殿の前にやってきた。

もっとも、家を出たらすぐに神殿の前だが。

神殿は目につく範囲がすべて木造で、私たちの世界にはない様式だ。

超古代文明が栄えていた時代でも、神様のおうち特有の、変わった様式だったのかもしれない。なお、ムルムルに聞いたけど、「ようわからぬ」と言われた。ムルムルの著者がとくに関心を持ってなかったことは、ムルムルもよくわからない。

私は神殿を見上げる。

床が高く、数段の階段を上がる必要がある。その先に神殿の扉がある。

私の手にはメモ帳とペン（魔法でインクなしでいくらでも書けるやつ）が握られている。

しっかりと記録するぞ！

「さてと、入ろう！」

私が大きく一歩前に踏み出す！

「待つのじゃ」

で、そんな私の腕をムルムルがぐいっと引っ張った。

「え？　油ラメーンはいらないって言ってたよ？」

「違う。まず、これをせんといかんらしい」

よく見ると、神殿の横に泉が湧いていて、木の桶でその水が溜められていた。

「いつのまに、こんなものが！　でも、便利だから使わせてもらおう」

で、その湧いている泉の前に、こんな立て札がついている。

神殿に入る方は泉の水で手を清めてください

「なるほど、神様だからこんな手順がいるのか」

私はささささっとメモをとる。「超古代文明における手を清める祭祀儀礼について」という論文が書ける。

私とムルムルは手をきれいに洗った。

「よし、これで文句なく神殿に入れる」

私は大きく一歩踏み出す！

そして、またムルムルに腕を引っ張られた。ちょっと、首がぐきっとなった。

「次はあれのようじゃ」

ムルムルの示した先に、巨大な香炉が置かれていて、そこから煙が立っている。


神殿に入る方はこの煙を浴びて体を清めてください

「あんなの、前からあった？　さすがに気づきそうだけど」

「この十分の間に準備したのではないか？」

「……神だから、そんな準備も必要か」

私もムルムルも煙をしっかり浴びた。独特の香りがあるけど、むせるほどではないな。

これも「超古代文明における、香炉の使用法について」という論文のネタになる。

よし、今度こそ階段を上がるぞと思ったが――

階段の横の手すりにまた何か貼ってあった。

土足厳禁
これより先は有料です　お金を用意してください

ポケットに手を入れる。うん、小銭があるから、大丈夫だろう。

「……。土足禁止の文化なんだな。うん、これも論文のネタに……」

異文化を認める気持ちがないと、超古代文明など研究できない。ちゃんと守って、階段を上がる。

「けっこう、ダルいのう……」

ムルムルが嫌そうな声を出した。

「我慢、我慢……。もう、あとは扉を開けて入るだけだから」

ただ、最上段まで上がり、扉の前に来ると、また紙が貼ってあった。


入室前にこの最上段の周囲を反時計回りに七周歩いてください

「わかった、わかった！　それぐらい歩きます！　十周でも、二十周でも歩きます！　それでいいんだろ！」

だんだん私もヤケになってきた。

そして、歩こうとする私の腕をまたムルムルがつかんだ。

「隣にもう一枚、紙があるぞ」

「今度から動きだす前に言って！　ワンテンポずつ遅い！」

紙にはこんなことが書いてあった。

一周ごとに扉の前で次の賛歌を唱えてください

いとたっときエルディィーナ神
やんごとなきエルディィーナ神
樹木はすくすく　勝負も負けなし
すべて　すべて　エルディィーナ神のご神徳
ああ　エルディィーナ神　ああ　エルディィーナ神

「面倒くささを増してくるの、やめろ！」

　ムルムルなんか脱力して、背中を向けてしまっている。気持ちはよくわかる。

「余はもう帰ろうかな……」

　今度は私がムルムルを背後から抱き留めた。

「まあまあ！　せっかく神様に会えるんだから、この程度の面倒は耐えよう！　別に命を奪われるわけでもないし」

「でも、お金を奪われるかもしれんぞ」

「あっ……有料って書いてたな……」

じゃあ、帰ろうかな。ここまでやってお金もとられるのバカらしいな……。

「いや、行くと言った以上、行かないわけにもいかない。待ち合わせを無断キャンセルするのは許されないことだし……」

結局、私とムルムルは嫌々ながら歩いて、賛歌を棒読みで唱えた。

そして、七回目の賛歌を唱え終わった時――

するすると自然と扉が開いた。

内部はわずかな自然光が差し込む以外は真っ暗だ。雰囲気を高める演出だろう。

「おお！　かっこいい！」

「これは荘厳じゃのう！」

しかも、目の前の闇に、何やら人の姿をしたものが現れる。

服装はエルディーナに似ているので、巫女のような存在なのだろう。

「これは魔法による立体映像じゃな……。かなり高度なもののはずじゃ……」

「すごい……。さすが神様……」

きっとありがたい言葉を伝えたりするのだろう。

『神殿に入る皆様にお願いです』

おっ、立体映像の人が話しだした。

『神殿内の撮影は禁止です。神殿内を動画魔法によって記録することも禁止されています』

ん？　どうも様子がおかしいぞ……。

『また、その動画魔法を人に公開したりすることも禁止されています。なお、動画魔法が違法と知っていながら、それを見た人も同罪で――』

「いちいち、うるさいなっ！」

「本当にうるさいわ！　そんなことせんわ！　放っておけ！」

私たちはついつい叫んでしまった……。

最後の最後でこの立体映像の鬱陶しさはきつい！

「だから、うるさいって言ったじゃないですか！」

気づいたら、立体映像が消えて、神殿の中にエルディーナが立っていた。

ただ、なぜか、両手にはそれぞれ槍と花を持っている。

話しづらいので、私とムルムルは扉の中に入る。

「ほら……どうしても神なので神殿にお越しいただくとなると、禁止事項や約束事が増えてくるんです……。なお、立体映像もアトランティス大陸時代はわたくしの神殿だとどこでも流すことが決まっていたらしく……」

「騒音的なうるささというより、諸注意が多いことに対するうるささなのか……」

「ちなみに、厳密には神殿内でわたくしと面会する場合は床にへばりついて仰ぎ見てもらうきまりなのですが、会話しづらいので省略いたします」

それはたしかに面倒くさい。

「でも、意味はわかるかな」

私は表情をやわらげた。

「神様に会うというのは、そういうことだもんね。もっともらしくすることで、生まれる価値もあると思うし」

「アルルカさん、ありがとうございます！　やはり、高学歴だけあって理解がありますね！」

その言葉で私は少し傷ついた。

高学歴だけど、就職先はない……。

「ちなみに、禁止事項に入ってないけど、あれもダメだよね？」

私の横ではムルムルが寝転がって、ぐるぐる回っていた。

「土足禁止じゃと、寝そべれて便利じゃのう～」

「ああ！　いけません！　ちゃんと神の住まいに来ているという気持ちで接してください！

わたくしだって言いたくないけど、きまりなんですから！」

私はその場でさらさらと、こうメモをとった。

――プライベートとオフィシャルの区別が大変。

神様だから、オフィシャルでは人間を超越した立場で臨まないといけないのだ。

「ところで、なんで槍と花を持ってるの？」

「豊穣（ほうじょう）と戦勝のご利益を提示するためです。大陸の民（たみ）もどの神にどのご利益があるか、うろ覚えの方が多かったので。記号を手にしていればすぐ気づいてもらえますから」

「かいがいしい努力！」

「正直、ずっと手に持って話をするのは鬱陶しいので、長い話は今度アルルカさんのおうちに行ってやってよいでしょうか？」

「やっぱり、そうなるか」

堅苦しい儀礼は敬意を表される側も厄介（やっかい）らしい。

「そうじゃな、アルルカ、もう今日は帰ろう……」

やけにムルムルからふるえた声が聞こえてきた。

「木の板に寝そべっていたら、どんどん体が冷えてきたのじゃ……」

木造建築あるある！

「そういえば、私の足の裏も冷たくなってる……。じゃあ、帰るね」

私は立ち上がったムルムルの手をつかんで、扉のほうに向かった。

だが――

出る前に扉がばたんと閉まった。

まさか……閉じ込められた⁉

エルディーナはまだムルムルを許していないのか？

悲しいことだけど、どうしてもわかり合えないことだってある。

その時は私もエルディーナと戦うしかな――

「あっ、申し訳ないのですが、少額でもいいですので、そこにお願いします」

エルディーナの足下には木の箱が置いてあった。

そこにはこう書いてあった。

おさいせん

「そういや、有料って書いてたな！」

私はムルムルの分も含めて百ゴールド支払って神殿を出た。

で、階段を降りたところで、扉の前に立ってるエルディーナに言った。

「そこの泉の水は汲んでつかっていい？」

さっき手を清めるついでに飲んだけどおいしかった。

「はい、どうぞ。先ほどお賽銭をもらいましたし、永久に無限に持っていってください」

そこは無茶苦茶、気前がいいな。

その泉の水をムルムルはごくごく飲んでいた。

「うむ！　この癖のない水はラメーンに最適じゃ！」

どうやら、また我が家のラーメンは進化しそうです。

第7話

魔女、ヤバい神官と出会う

「――というわけで、わたくしの神殿に来るとうるさいことになるのです」

少し、赤い顔でそう答えると、エルディーナはずずずっとお茶を飲んだ。

場所は私の家だ。

食後の時間、エルディーナがやってきた。もともと、今日は来ないと言っていたが、さっきの神殿でのことの弁解も兼ねているのだろう。どうせ、お隣さんだからすぐだし。

ちなみに、今、エルディーナが飲んだお茶も彼女自身が持ってきたものだ。一種の土産代わりというか、お賽銭を取ってしまった手前、お返しが必要だと思ったのではないか。

「自分でもうるさいと思ってるなら、ああいう作法も廃止すればいいんじゃ……」

「そういうわけにはまいりません。面倒でも残していくというのが、伝統というものですから……。でないと、神殿で行われる儀式も祭礼もすべて消滅してしまいます」

「一理ある」

何でもかんでも合理化してしまうと、味気なくなる。

私がエルディーナと話している間に、ムルムルはエルディーナが作ったお茶にチャレンジしていた。

やけに巨大な取っ手のない器に入っているので、両手で持って飲まないといけない。

色も、葉っぱでもなかなかないほどに鮮やかなグリーンだ。ちなみに私はまだ怖いので、手をつけてない。いや、怖いというのは語弊があるな……。うん、語弊がある。怖いわけじゃない。神が点てたお茶を飲むのが恐れ多いという気がするのだ。

ムルムルがぐいっとグリーンすぎるお茶を口に入れた。

ごくごくごく。

そんな音が隣に座ってる私のところにも聞こえてくる。

それから、空になった器をテーブルに置いた。ことん、と音がした。

ムルムルはとてもいい表情になっている。口元にちょっと緑色がついてるが。

「いかがでしたか？」

笑顔でエルディーナが尋ねた。

ムルムルが微笑んでるからか、エルディーナの顔もやわらかい。

「うん。くそまずかった！」

「無礼ですよ！」

エルディーナが叫んだ！

あっ、これ、予想を悪い意味で裏切られて、三割増しでムカついてるな……。私も自信作の論文を査読でボロカスに言われたら、三割増しでムカつくからな……。

「どうしようもないほどに苦いし、そのくせ、そこはかとなく甘さみたいなのが背後にあって余計に気持ち悪いし、人間が飲むものではないのじゃ。思わず苦笑いじゃ」

「当然です、かつては神だけが飲むことを許されたお茶だったぐらいなのですから」

ぐー

エルディーナがドヤ顔してるが、人間が飲むものじゃないっていうのは、そういう意味ではないと思う。

「アトランティス大陸では、祀られた神だけが飲む飲料ということで、祀茶と呼ばれていました」

発音に無理がある気がするが、超古代文明語だから、いいのだろう。

私も恐る恐る飲んでみた。

「飲めなくはないけど、たしかに苦いな……。アトランティス大陸の食べ物といっても、ムルムルの出してくるものとはかなり違う……」

「ええ、アトランティス大陸といっても広かったですし、わたくしが知ってる食べ物は、どちらかというと高貴なもの、ムルムルの知ってる食べ物は、安くておなかいっぱいになる系の庶民的な食べ物です」

つまり、両極端ということか。

「これ、どっちかだけの料理がアトランティス大陸のものとして復元されても、ものすごく偏った誤解を与えるな……」

冷静に考えれば超古代文明といっても、立場や時代によって食べていたものも大きく異なっていて当然なのだが、標準的な料理が存在するようなイメージを抱きがちである。この点は研究者も陥る罠だから気をつけよう。

「くそまずいから、違う飲み物を取ってくるのじゃ。コオラアをとってくる」

ああ、コオラアか。

私はすでに飲まされたことがあるので、知っている。

今度はコオラアを出されたエルディーナが嫌そうな顔をしていた。

「なんですか……？　やけにどす黒いし、シュワシュワしていますし……およそ、神が飲むようなものとは思えませんわ……」

「甘くておいしいのじゃぞ。飲まず嫌いはよくないわい」

エルディーナは一口飲んだところで、透明なグラスをテーブルに置いた。

「そこはかとなく湿布臭いですわね」

「そんなにきつくはないはずじゃ。神じゃからといって、いちゃもんをつけるな」

ごくごくとムルムルはコオラアを飲んだ。

「ぷはーっ！　ノドがちくちくする感じがたまらんなー！」

「そんなところに快感を求めるとか、食事に対する冒瀆です！」

私はその二人のやりとりを見ながら、こう思った。

——超古代文明における食生活の論文を作るのはなかなか難しそうだ……。

生きた資料が目の前にいてくれても、意外と論文を作ることには意味を成さない。

ポスドクを脱出する道はまだまだ険しそうである。

「ところで、ムルムル、あなた、もう少し気をつけたほうがいいですよ」

神らしい真面目(まじめ)な顔になって、エルディーナが言った。

「大丈夫じゃ。いくらそなたのところで採(と)れた湧き水が良質といえども、煮沸(しゃふつ)して使用しておる。中毒を起こすようなことはありえぬ」

「違います」

エルディーナが一言で切って捨てた。

「わたくしがあなたを見つけたように、もしかすると、まだこの時代にあなたの存在を認識している者がいるかもしれません。そういった者がやってくるおそれはありますよ」

私は深くうなずいていた。

たしかに、超古代文明と今の時代に何のつながりも残されてないと思っていたが、エルディーナの信仰が残っているように、何かしら痕跡はあるかも。

「とくにあなたは、直接手を下したわけではないといえ、アトランティス大陸を沈めるきっかけになっています。逆恨(さかうら)みされても仕方ない立場です。お気をつけなさい」

エルディーナからの忠告だな。

「ありがとう、エルディーナ。私も忘れないようにムルムルと――」

「あっはっはっは！　ないない！　アトランティス大陸から信仰されている神がごろごろ残ってるなんてこともあるまいし！　心配しすぎじゃ！」

猛烈に油断している！

ぱたぱた右手を振って、問題ないアピールをしている。

「本当にそんな余裕で大丈夫か？　かえって不安になってくるぞ……」

「そんな限りなくゼロに近いことを考えて生きておっても、しょうがなかろう。だいたい、余の存在に気付けたのも、エルディーナが神という特別な存在だからじゃ。逆に言えば、神ぐらいしかわからん。エルディーナもアトランティス大陸の神がごろごろおることは知らんのじゃろ？」

「それは……そうですが……」

「だったら、何も来ないということじゃ。安心、安心じゃ♪」

私もエルディーナもいろいろ物申したかったが、表面上はムルムルの論に筋が通っている気もして、言い返せなかった。

エルディーナが具体的な訪問者を想定できてないということは、大丈夫なのか。

★

翌日、私はムルムルを部屋に残して、大学に向かった。

今日も掃除をするらしい。そんなに毎日しなくてもと思うが、私がポスドクが長くて、怠けすぎていたのかもしれない……。掃除って基本的には毎日するべきものなのかも……。

当たり前だが、大学構内は魔女がうじゃうじゃいる。

私のように黒ローブ姿のスタンダードなスタイルの魔女もいれば、出身地が遠方なのか私からは奇抜な身なりに見える魔女たちもいた。

ズボンという足にぴったり沿った服を着ているのもいれば、仮面で顔を完全に隠しているのもいる。

王都の大通りでもここまで国際色は豊かじゃないらしいが、マクセリアの近隣住民は子供の頃から見慣れているので、今更何とも思わない。慣れとは偉大である。

と、大学構内でなにやら通行人に片っ端から話しかけている奴がいた。

卒論のためのアンケート依頼か？

心理学系の学部だと、統計を取る必要があるので、ああやってアンケートに応じてくれる人を捜す学生がいるのだ。話しかけるのが苦手な学生は大変そうだなと思う。

超古代文明語の研究には不要でよかった。

でも、その分、図書館の地下室にこもって、結果がちっとも出ない時はとことん気分が沈むし、どっちもどっちか……。

そのアンケート依頼の人はだんだんとこっちに寄ってきた。

うっ、長引くようなことだと嫌だな……。

「ねえねえ、そこの魔女、ちょっと聞きたいんだけど」

話しかけられた。

耳がとがっているから、エルフであるらしい。あと、何か神官のような帽子をかぶっている。

けっこう不審だが、不審ではない大学関係者のほうが少ないので、それだけでは特殊性はない。

でも、この言い方だと、このエルフは魔女じゃないようだ。大学関係者じゃないのか？

「このへんに、こういった子、いないかしら？」

それはムルムルそっくりの神の絵だった。

絵には「カムユー王国のジオネット神」と書いてあった。

「知りません」

即答した。

「ほんと？　ウソついたら承知しないわよ？　無職になるよう祈ったりするわよ」

このエルフ、喰い気味に顔を近づけてきた……。まあまあ失礼な奴だな……。

悪いが、すでに無職だ。むしろ学会に行ったら、交通費かかるんだぞ。

「知らないです。ウソつく意味もないし」

それ自体がウソだが、ここで知ってますと答えるわけにはいかない。

絶対にまずい奴だ……。こいつにムルムルを会わせてはいけない。

「ふうん。まっ、大半の人間にとったら、そうよね」

納得はされたらしい。やけに高圧的な奴だ。友達少なそうだな。

「ところで……あなたは何者なんですか……？」

今後の対策のためにもそれぐらいの情報は仕入れておきたい。

「見たらわかるでしょ」

「エルフってことと、多分、うちの大学の者じゃないってことしかわからないです」

「じゃあ、問題。ワタシは何者でしょう？」

なんか、ミニクイズ出題してきた！

けっこう面倒な人！

「正解は、カムユー王国のジオネット神の神官よ」

「すぐ自分で言うんかい！」

ただ、その言葉に引っかかるところがあった。

「カムユー王国って、大昔に滅んでますよね……？」

「ウソはついてないわ。それじゃ、ワタシはこれで。あっ、これは迷惑料ね」

なんか、そのエルフはこっちに渡してきた。

もしや、お金？　だとしたら、素直にうれしい。経済的に余裕があるわけでもないし。

ただの葉っぱだった。

いや、エルフが渡してきた葉だし、すごい力を持つ世界樹の葉だとか⁉

「あの、これは何？」

「ただの葉っぱよ」

「ただの葉っぱかよ」

「ほかの人にも当たってみるわ。このあたりにいるのは多分間違いないし」

そのエルフはほかの魔女に質問に行ってしまった。

粘着されなくてよかったとは言えるけど、このままにしてもいられんな……。

葉っぱはそのへんに捨てた。

★

私は大学で研究はせずに、すぐ自宅に引き返した。対策会議を開く必要がある。

エルディーナも呼んで、ムルムルを探しているエルフのことを話す。

「えっ？　なんじゃ、そいつは？　知らんのう」

ムルムルはぽかんとした顔をしている。とぼける意味もないので、本当に知らないのだろう。

「エルディーナ、あなたは何か知らない？　エルフとカムユー王国の因縁とかない？」

「カムユー王国にもエルフは住んでいたかもしれませんが、つながりは不明です」

エルディーナは小さく手を横に振った。

ちなみに、エルディーナの前には祀茶、ムルムルの前にはコオラアが置かれている。私は普通のお茶だが、エルディーナ神殿の前で湧いてる水で淹れてるので、美味い。

「本当にカムユー王国神官と名乗ってたんですか？　カムユー王国というと、かなり前に滅亡して、今は砂に埋もれた旧王都の遺跡が残ってるだけのはずです」

「そうなんだよね……」

ムルムルがあまりわかってなさそうな顔をしていたので、私はあらかじめ用意していた本を開いた。『世界の歩き方　カムユー王国遺跡』。昔、古本で百ゴールドで買ったやつ。

「前にムルムルそっくりの神がいるって時にも話したけど、これがカムユー王国ね」

開いたページには、砂漠の中に蜃気楼のように霞む王国の都市遺跡が描かれてある。

「ほう、こうして見ると、なかなかかっこいいの～」

「うん、かっこよくはあるし、うちの大学にもここの遺跡の発掘をやってる研究室があったりするけど、逆に言うと、カムユー王国っていうのは死んでる国なの。今はもうないんだ」

「ですね。だいたい千年前に滅んで、そのあとにこの地を支配した国も都市はずっと離れたところに作ったので、放置されたままです」

エルディーナは今の世界の歴史も知っているので、説明が早い。

「でも、エルフはたしかにカムユー王国の神官だって言ってた。聞き間違えじゃない」

存在しない国の神官を名乗るエルフ、果たして何者なのか？

「普通に考えれば、ムルムルではなく、ムルムルに似たジオネット神というのを探しているんじゃありませんか？」

エルディーナが仮説を立てた。正直、私もそうなのかなと思っていた。が――

「けど、ムルムルが復活してから来るのが早すぎない？　タイミングがよすぎる」

ハスカーンはムルムルとカムユー王国などの神像の類似に気づいたが、あいつは古代語の研究者なのだ。つまり、世間的に見ればプロの者だ。一般人はカムユー王国なんて国名すら知らない。

「ですよね……。それに、ムルムルではなくジオネット神目当てで来ているとしても、ムルムルの存在を察知したとすると、何かと厄介ですね……」

私とエルディーナが深刻な顔をしているなか――

「ふむ」

ムルムルはじっとそのカムユー王国遺跡の本をめくっている。

「のう、アルルカ。このカムユー王国では何を食べて暮らしておった？」

何か思い当たる節でもあっただろうか。

「へ？　食生活？　意外と難しい質問だな……。ええと、本の説明ページを見るね……」

別にカムユー王国の研究者じゃないからそんなことまでわからん。

「羊って書いてあるな。羊を食べていたらしい」

ムルムルは腕組みして目をつぶった。

食事から何か連想できるものがあるのだろうか。

「……羊。……ラム肉。今度、ラム・ラメーンを試してみるのもよいのう」

「ラメーンを考えてもいいけど、今はエルフのこと以上に悩むな！」

「羊特有の臭味（くさみ）をいかに消すかがカギじゃな」

「エルフについてのカギを考えろ」

自分が追われているのかもしれないのに、緊迫感がなさすぎるぞ。

――と、ドアが、どんどん、どんどんとノックされた。

嫌な予感がした。そうっと近づいて、のぞき穴から相手を確認する。

あのエルフが立っていた……。

なぜ、ここがわかった……？

「ええと、どちらさまですか？」

「ワタシはキリユーという旅の神官。かつて仕（つか）えていた、とある神を探しているの。このあたりにその神の痕跡がありそうだなと思って来たわ」

やはり、ムルムルをカムユー王国の神だと認識してるっぽいぞ。

「え～と、うちは魔女なんで、魔女が信仰する一部の悪魔ぐらいしかわからないですね～」

そう答えながらダイニングの二人に手で×（バツ）を作って、状況を伝える。

「なんじゃ、急な飲み会で、夕飯がいらんようになったのか」

伝わってない！

「……あれ、今、いと高貴なるジオネット神の声が聞こえたような気がするわ……」

このエルフはエルフで、察しがよすぎる。

「あはは……。神の声だなんて、それは気のせいでしょう……」

「あなた、ワタシはジオネット神殿の最高神官を長年務めてきたのよ。神の声ぐらい、当然聞こえるわ」

げっ……。神官に向かって神を否定することを言うのはタブーだったか？

「たとえば、一仕事終えて宿に入ると、『おかえり。今日も頑張ったね。でも、たまにはゆっくり休まないとダメだぞ。お前の体が一番大事なんだから』って神の声が頭に響くわ」

「妄想寄り(もうそう)の幻聴！」

「信仰における相違があるわね。まあ、いいわ。もう暗いし、一晩泊めさせてくれない？」

うっ！　押しが強い。

本当に泊まる場所がないのか？

いや、この家に入って、ムルムルに似たジオネット神の痕跡を探すつもりなのでは？

「客人が来てるんで、許可をとらないといけません。お待ちいただけますか？」

「わかった。待ってあげる」

なんで借りる側なのに強気なんだよ。

私は急いで、二人のほうに戻った。もう、エルディーナは状況を把握してくれていたらしい。

「これは、なんとしても帰らせるべきです。怪しまれるかもしれませんが、入れるともっとややこしいことになります」

「だよなあ……。ここまでたどりついてる時点で、異様な捜索スキルはあるし……」

「まあ、待つのじゃ」

落ち着き払った顔でムルムルが右手を挙げた。

「先に言っておくけど、ラメーンの話は禁止ね」

「違うわ。ここはいっそ入れて、この家中、気が済むまで捜させればよい。それで何もなければ向こうも納得するじゃろ」

思った以上にまともな案だった。

「なるほど、いっそ誘い込んでしまうわけか。ムルムルが窓から脱出でもすれば、それもアリかも……」

「もっと確実な方法がある。余は本じゃぞ」

私とエルディーナは顔を見合わせた。

それから三分後、私とエルディーナはドアを開けた。

もちろん、そこには朝に会ったエルフが立っている。

「あら、あなた、今日話した魔女じゃない」

「奇遇ですね。さあ、どうぞ。こちらが先客の方です」

「お邪魔しちゃって悪いわね。私の名前はキリュー。カムユー王国の神官よ。といっても、国は滅んじゃったけどね」

やはり出自としてはカムユー王国らしい。

「はじめまして。ところで、滅んだ国の神官をしているというのはどういうことなんです？」

エルディーナもエルフに話しかける。これは純粋な興味という感じの質問だ。

「国がなくなろうと、神の祭祀は続けないといけない。神官は国に仕えるのではなく、神に仕えるものだから。それだけのことよ」

「素晴らしいです！　神官のかがみ！」

エルディーナが拍手を贈っていた。なんか、懐柔されそうで怖いな……。

「でも、カムユー王国から遠く離れたこんな土地で、その神がいたりするんですかね……？」

「ワタシが仕える神はほかの土地にも信仰の跡があるの。ここにいないとも限らない。それに、諦めたらそこで終わっちゃうでしょ。だったら、ワタシは諦めない」

なんか、やけにかっこいいこと言ってるぞ。

それに妙な共感を覚える。

こう、胸がアツくなるというか。

そうか、このエルフの神官、自分の仕える神に全人生をつぎ込んでいるのだ。

その点において、私と同じなんだ。

だからこそ、このエルフを騙すのは少し気が引けるけど……ムルムルのためだ。

「ワタシの嗅覚が正しいならば、マクセリア近辺に神がいる可能性があるの。とくにこの森あたりが怪しい。近い姿の人が住んでいるという話は大学での聞き込みでわかったわ」

うっ！　たしかにムルムルを目撃した人は大学周辺にはいくらでもいる……。

「では、こうしたらどうですか？　このアルルカさんの家を心行くまで調べてみては？」

エルディーナがそう提案した。

「早目にはっきりさせたほうがいいでしょう。アルルカもどう？」

ウィンクしながら、エルディーナが言った。すべては最初から仕組んでいることだ。

「そうだね。それで気が済むなら」

キリユーは顔は全然笑わなかったが、

「ありがとう」

とだけ言った。

「じゃあ、これは少ないけどお礼ね」

キリユーはさっと私の手に何か握らせた。

ただの葉っぱだった。

「なんで、葉っぱ渡すの!?　信仰上の意味とかあるの？」

「本のしおりとして使えるわ」

「お守りにもならないんだな！」

もう、キリューというエルフは家捜しを開始しだした。

まあ、問題はない。ムルムルが見つかるわけがないのだ。

だって、ムルムルは『虚無の書』の状態になっているのだから！

まさか本を見て、この本は神に違いないなどとは言わないだろう。ベッドの下だろうと、屋根裏だろうと、どこをどれだけ捜しても、ムルムルはいない！

悪いがあなたの意気込み、空振りで終わることになるよ。こっちも平穏な生活が懸かってるからね。

——三十秒後。

キリューがムルムルだった本を持って、ダイニングに戻ってきた。

か、勘づかれている!?

「あの……その本がどうかした？　超古代文明語の本なんだけど……」

「いいえ、たとえ本の姿をしていても、ここから神の匂いがする。夢で何度も嗅いだあの匂いがする」

まあまあ怖い発言だった。

それから、彼女はやけにとろんとした瞳になった。まるで、マタタビを見つけた猫のごとし！

そのまま、本になっているムルムルにほおずりしだした。

「神様、あなたは神様なのですよね。ワタシです……。最高神官のキリューです……。ふふふ……。愛してる、すべて捧げます……。あははは、ははははは……」

怖い、怖い、怖い！

それは一般的な反応だと思う。エルディーナも軽く引いていたからだ。

「たとえ、どんな物質に姿を変えようと、ワタシにはわかります……。だって、あなたの祭祀をずっと続けてきた最高神官だから……。さあ、姿を現してください……。そして、ワタシになんなりと命じてください……。ワタシ、キリューはあなたの第一の下僕ですから……。ふふふふふ……あっはははははははは！」

そして、キリューの異様な一人語りに――

「こ、怖いわ！　離れてくれ！」

ムルムルが人の姿になった。

人の姿になって、一歩でも遠くへ離れたかったのだろう……。

でも、それは逆効果もいいところだった。

「あっ！　やはり、神様ではないですか！　ずっと捜し求めたかいがありました！」

キリューはべったりとムルムルにひっついた。それはそうだろうな……。

「ついに神様と巡り合えた！　神官を続けて今日ほど幸せな日はありません！　このキリュー、今すぐに命を失ってもかまいません！」

「やめるのじゃ！　この家で死なれると死体処理とかややこしいことになるから、違うところで死ね！」

「神様、神官のワタシに恩寵(おんちょう)をください、恩寵を！」

「離れよ、離れよ！　神に対しても普通に罰当たりじゃろ！」

「恩寵を！　愛の証(あかし)を！　どうか、お慈悲を！」

神の声、聞こえてない！

ムルムルはものすごく嫌そうな顔をしていたが――

なでなで。おそるおそる、キリューの頭を撫(な)でた。

「神様からワタシに触れてくださった！　ワタシの人生に一片の悔いなし！」

絶叫して、キリューはばたりとその場に倒れた。

「む……。死んだのか……？　余は何も危害は加えておらんぞ……？」

さすがに死んではないと思ったが、もはや何が起きても不思議はないので、私は息をしているか近づいて確認した。

「気絶してるだけだね」

ムルムルがすごく深いため息を吐いた。

「起きるまで寝かすしかないのう……」

★

目を覚ましたキリューは、さっきよりは落ち着いていたので、こっちのいきさつを包み隠さず話した。うかつに隠すとかえってややこしいことになる。

「――というわけで、ムルムルはカムユー王国の神の前身にあたる存在なわけ」

「なるほど。つまり、ワタシの仕える神とは一心同体ということで問題ないわね」

まあ、そうなるのか……。

「国が滅んで、実に千年……。それまでひたすら祭祀を続けてきた成果ね。やってきてよかったわ」

こんなところで信仰の灯は消えずに残っていたのか。

「カムユー王国が栄えていた頃は周辺はまだ緑豊かな土地だったけど、いつのまにやら、砂漠の遺跡になってしまったわね。どんな国もいつかは滅びるし、その滅びに立ち会ってしまったというだけのことよ」

しみじみとキリューは語った。

そんな時は、年相応の人生の深みみたいなものが顔に表れる気がする。

「じゃあ、永久に祭祀を続けるつもりで、不死の秘儀を授かってから、もう千年以上経つのか。月日がたつのは早いわね」

たしかにエルフが長生きといっても、若いまま千年以上生きてぴんぴんしてるのは変か。このエルフも不老不死なんだな。

しかし、さっき、千年と言ったのが気になったけど――

「あなたは千年、ひたすら一人で滅んだ国の神に仕えてきて、寂しかったり、空しかったりしたことはなかったの？」

それは私のポスドク期間よりははるかに長いものだから、気になった。

一般的なエルフの基準で考えても千年は長すぎる。

「数えられないぐらいあったわよ。むしろ毎日空しいと言ってもいいわ」

「そんなに空しいんだ！」

聞いていた全員が驚いた。

てっきり、そんなもの感じないと答えるかと思っていたのだ。

「それでも、やめられない。神に仕えるのがワタシの人生だから」

そこで、彼女は神官らしい理知的な笑みを浮かべた。

「最低でも命果てるまではやるしかないわね。つまり、ほぼ永遠にやる」

ああ、文字通り、この人は人生を懸けて神官をやっているのだ。

その点については、私も見習っていかないと。

私も人生を懸けて超古代文明語の研究をやるぞ。

「あの、ムルムルのことや、アトランティス大陸のことは、黙っておいてもらえる？」

この人に秘密が漏れてしまったとはいえ、これ以上広げるわけにはいかない。

「ええ。ていうか、アトランティス大陸の本が現存してるとか、誰に言ったって信じないでしょ」

まったくだ。なら、今回はひとまず最低限の被害で済んだのか。

なんだかんだで、このキリューという人もいい人なんだな。

と、そこでキリューの目の色が変わった。

「あの、ところで、ちょっとワタシの神コレクションを見てほしいんだけど！」

キリューは大きな革の袋をテーブルに置いた。

そこから、ジオネット神が描かれた様々なグッズが出てきた……。

「これがタペストリーでしょ。これがマグカップでしょ。それから、これがブランケットを入れるシーツでしょ。それから……」

「あの、こういうの、どこで売っているのでしょうか？」

エルディーナがおそるおそる尋ねた。

「自作よ」

この神官、信仰のために生きてるというより――

ただのジオネット神マニアだ！

★

翌日、キリューは朝にラメーンを食べたあと、帰っていった。そこはやけにさっぱりとしていた。推しの迷惑にはなりすぎないようにしようということか。

「これは、お礼ね。よかったら、もらっておいて」

葉っぱを渡そうとしてきたので断った。

「また、たまに余に会いに来るぐらいならよいぞ」

ムルムルもコミュニケーションがとれる相手だとわかって、多少はキリューに甘くなっていた。

まっ、いろいろ異常な人だったけど、ああいう情熱は持って生きていきたい。

そして、その日、大学に行った帰り――

泪の森の入り口あたりにあった廃屋がやけにこぎれいになっていた。

気になって、中をのぞいてみると、キリューの姿があった。向こうも気づいたらしく、すぐに出てきた。

「今日からジオネット神の神官として、ここに住むことにしたの。どうぞ、よろしく」

「……うん。止める権利はないし、好きなようにして」

「……たまに来るのはいいが、四六時中、来るのはやめるのじゃぞ」

ムルムルがやってきて以来、泪の森の人口、じわじわと増加中です。

魔女、地下迷宮で迷う

キリューの新居――厳密には神殿――は数日ですぐにえげつないものになった。

といっても、表面上はごく普通のこぎれいな邸宅なのだ。ただ、そこに「ジオネット神の神殿」と書いた板があるぐらいでしかない。

ただ、内部は、ムルムルにしか見えないジオネット神のグッズであふれていた。

壁という壁にムルムルそっくりの神の絵や布が掛かっていて、テーブルにはムルムルそっくりの神の人形が写実的なものから、デフォルメされたものまで、ずらっと並んでいる。

「うっわ……」

私はそう口にするのがやっとだった。

ムルムルのほうは、ものすごく嫌な顔をして、さっと神殿から飛び出ようとして――

キリューに背後から抱きかかえられていた。

「神様！　どうして、お逃げになるのですか？　この神殿はあなた様の住処も同然なのですから、どうぞごゆっくりとおくつろぎくださいませ！」

「こんな環境でくつろげる奴がおるか！　毛穴という毛穴がむずむずするわ！　ていうか、本である余にも毛穴あったんじゃなと改めて、実感したわ！」

「そんなこと言わずに！　ぜひワタシにまた新たな啓示をお与えください！」

ガチすぎるファンは、やっぱり迷惑なものなんだな……。

「あの、キリュー……そのへんでやめたほうがいいぞ。キリューのためにも言っとく」

「神を手放すなんて神官としてできることじゃないわ。願い下げよ！」

そっか。まあ、忠告はしたしね。

私は隣の部屋にさっと隠れた。

数秒後、閃光とともに爆発音が響いた。

ムルムルが身の危険を感じて爆発したのだ。


「ははは……。これは、アポカリプス……。神の裁きなのですね……。ええ、神官として、その裁きも率先して受け入れましょう……」

ドアを開けると、ボロボロになったキリューが立っていた。

とくに致命傷にもなってないので、やはり生命力は強いらしい。

「爆発は余の意志によるものではない。じゃから余のせいではないぞ……。そこは理解しておけ。今後も余に過剰なことをやらかすと、こうなる」

ムルムルはそう忠告しながら、私の背後に隠れた。

まだ、すっかり安全だとは認識してないようだ。

「ええ、ワタシが神様を恨むことなどありません。この痛みを受け入れるのもまた神様に仕える者の役目ですから」

「こやつ、いろいろ限界を突破しておるぞ。目がヤバいのじゃ……」

私も千年ポスドクを続けたら、こんなのになるのだろうかと思うと、ちょっと、いや相当怖かった。

そんなわけで、問題のある住民が増えたものの、私のポスドク人生は順調に更新されて、そろそろ春の息吹(いぶき)も感じられるようになってきた。

三月末に学部生たちは卒業していくので、多少しんみりした空気が研究室に流れることもあるが、誤差みたいなものである。院に進まずに就職する学部生にとったら、研究室は少し腰を掛ける場所程度のものなのだ。

そして、私たちポスドクや院生は今年も誰も就職することもなく、結果としてまったくいつもの空気で研究室を占領していた。

「今月の『古代語研究』の論文読んだ?」「あれ、バレンシア魔女大学のトキメントさんがボロカスに批判しそうだよね」「もう、文献資料だけでやるの限界あるよね。考古資料使わないと古王朝時代は無理なんじゃ……」

いかにも院生同士の会話が行われているなか、私は『アトランティス研究』という雑誌を読んでいた。

私の論文がちゃんと掲載されている。

「うん、いい出来」

なお、掲載された自分の論文を読むのは私の趣味である。書いてあることを知っていても楽しいのだ。有名な歌劇を劇場で見に行く人だって、九割がた、ストーリーは知っているはずだ。それでも見て楽しめる。それと同じだ。

また、私の研究業績が一個増えてしまったな。

一つ不満があるとすれば、「マクセリア魔女大学聴講生」という肩書のところだけだ。ここが「准教授（じゅんきょうじゅ）」とかになっていれば、何一つ不満などないのに！

なんでだよ！　ちゃんと業績もあるんだから、どっかの大学か研究機関とかで採用しようとしろよ！

「ねえ、アルルカ君、ちょっといいかしら？」

すぐそばにイシハンヌ教授の顔があった。

「教授、今日も突然距離を詰めてきますね……」

魔女でも教授クラスぐらい長く生きてると、気配が一般的な人の発するものとまったく別になる。そのせいで、知覚するのが遅れたりする。

「アルバイトの話があるのだけど――」

「やります」

即答した。

「内容聞く前にやるって言うのは早すぎないかしら？」

教授も多少あきれていた。

「教授が持ってきてくれるアルバイトはいい稼ぎになるものと決まってますから、問題ありません」

私たちポスドクはアルバイトで糊口をしのいでいるのだが、別に年中、レストランで皿洗いや給仕をしているわけではない（皿洗いをする時もあるし、してる奴もいる）。

というのも、研究者みたいな立場の人間にしか任せられないようなアルバイトも世の中にあり、そういうもののほうが専門性が高い分、給料もいいのだ。

「年度が変わる前に図書館が休館時期に入るでしょ。その時に古文書整理をするから、それのアルバイトなんだけど」

「やっぱり、給料よさそうなやつじゃないですか。やります、やります！」

「そっか、そっか。じゃあ、せっかくだし、二人でやったら？」

二人？　ハスカーンとやれということか？

ハスカーンとは仲がいいと多分、教授から認識されている。

「ムルムルさん、まだこちらに残っているんでしょう？　あの人も古文書整理ができるだけの知識はあるわけだから、二人分のアルバイト代が出るはずよ。図書館への話はこちらでどうとでもつけられるから」

「教授！」

私は教授と固い握手を交わした。

奥でハスカーンが「アルバイトの斡旋だけでなく、大学のポストを、ポストを……」とうめいているが、聞こえないふりをした。

★

そんなわけで、私とムルムルは図書館の地下三階に来ていた。

前にムルムルと、ムルムルによく似た神について調べた時にも来たフロアだ。

「これ、日当で一人二万ゴールドももらえるらしいのう。かなりおいしいのじゃ」

ムルムルもこの時代の経済感覚がわかりつつある。

「そう、二人で四万！　これはマジありがたい！」

古文書整理は素人が扱うと破損させてしまうおそれがあるので、扱いに慣れた研究者などしかできない。

だが、大学の教授がそんなアルバイトはやらない。そこまで暇ではない。

つまり、私のような長くポスドクをやっている者が最適なのだ。

あれ……？　全然、素直に喜べないぞ……。

ムルムルがぽんぽんと背中を叩いた。

「案ずるな。このような屈辱の日々も栄光をつかんだあかつきには、よい思い出となる」

「屈辱は言い過ぎだけど、とにかくフォローありがとう」

「さてと、整理する資料はこのフロアでよいのか？」

「いや、それがもっとはるか下」

私は足下を指差した。

「この大学図書館は地下墓地の上に建ってるからね。まだまだ地下に続いてる。これより地下は許可を得た人しか入れない。貴重な本が多いし、迷うと危ないから」

「なるほどのう。では、どんどん降りていくとしようか」

私とムルムルは地下の階段を降りて降りて降りまくった。

司書さんからの行き方メモを参考に、慎重に場所を確認しながら下る。ちょっとしたダンジョン程度には入り組んでいる。灯りも普段はついてないから、闇を照らす魔法をフロアを降りるごとにかける。

そして無事に地下十五階の資料のところに来た。

ぐちゃぐちゃになった古代の典籍が置いてある。

「これにラベルを貼って、検索できるようにしていくのが仕事。最初の何例かを私がやっていくから見てて」

「まあ、ジャンル分けじゃな。ラメーンでも、上質なさっぱりした淡麗系統と、ジャンクな『第二の男』系統と、町のラメーン屋さん系統とでは、方向性がまったく異なるからのう。その区別をせずにラメーンが食べたいとだけ言われても、何を作ってよいかわからん」

「ラメーンでたとえるところはまったくブレないな」

しかし、検索性を高める作業という意味では同じかもしれん。

「まず、チェックするのはタイトルね。表紙の先頭の文字を、こっちに記入して――」

「この本、表紙が欠落してて、いきなり途中からはじまっとるぞ」

「古い典籍あるある！」

「あと、こっちのも、いろんな書体で別々の情報が表紙に書いてあって、どれがタイトルかわからんのう」

「それも古い典籍あるある！」

そう、タイトルの確定だけでも面倒なことが多いのだ。

だからこそ、専門知識を有してる者しかアルバイトができないとも言える。

多少のつまずきはあったものの、私とムルムルはアルバイトを黙々と続けていった。

途中の昼休憩では、パンを食べた。さすがに今日はラメーンじゃない。

「このパンの間にギョザールをはさんで、ギョザールパンというのはどうじゃ？」

「うん、やりたいなら今度やったらいいよ。止めないよ」

「生暖かい眼差しがなんかひっかかるのう……。いっそ、『そんなの無理だからやめとけ』と否定されたほうが、やってやるわいという気になるのじゃ……」

そう、中途半端に保護者や友人の微妙な理解があると、出発する側も微妙な気持ちになるのだ。いっそ、全否定されて啖呵切るぐらいのほうが楽なのだ……。

そんな食事休憩もありつつ、作業を再開しての夕方四時頃。

ぺたり。

最後の一冊にラベルを貼りつけた。

「よしっ！　終わったぞ！」

「やったのじゃ！　これで四万ゴールドもらえるのじゃ！」

私たちはぱちーんとハイタッチした。

このハイタッチのためにやっていたと言ってもいいぐらい、達成感のある瞬間だ。

「いや〜、終わった、終わった。ずっと作業してたから、腰がバキバキだよ」

「若いのに情けないのう。帰ったら指圧でもしてやろう」

てくてくと我が物顔でムルムルが先を歩いていく。

で、少しして止まった。

くるっと、こちらを振り返った。

「のう、アルルカよ、どっちへ行けばよいのじゃろう……？」

不安そうな顔でムルムルが言った。

「えっ？　そんなの元来た道を引き返せばいいだけだから――」

私も周囲を見回した。

どこだかわからん……。

なにせ、ここは迷路状に入り組んだ地下墓地(カタコンベ)の空(あ)きスペースに本棚を設置していったものなのだ。来慣れてないと風景から場所を把握できない。

「ええと、司書さんのメモにはどう書いてあったっけ？」

私はメモの最後の十五階の箇所を見る。


地下十五階に降りたら、左手に突き当たりまで進んで右折。次の次の角を左折して三叉路(さんさろ)を右手に。しばらくすると、テーブルが見えてくるそこが仕事場です。　司書

「ビギナーだと、まあまあ混乱する書き方……」

だいたい、テーブルの周囲には何本も道が伸びていて、どっちから来たのかの判断ができない。

「ま、まあよい……。こんなんは上に戻る階段を見つけていけばいいだけじゃ。何の問題もないわい」

ずんずんムルムルが歩きだした。

よし、今はムルムルを信じよう。複雑怪奇なダンジョンに入ったわけじゃないのだ。しばらく歩いていれば、どうとでもなる！

——十五分後。

私たちは謎の細い通路を歩いていた。

いっそ、真っ暗なら諦めもつくのだが、闇を照らす魔法を使ったせいで、どこまでも進めてしまうことになり、今いるのが図書館の範囲内かもわからなくなった。

「のう、こんな道、来る時に歩いたじゃろうか……？」

「……歩いてないと思う」

「引き返したほうがよくないかのう？」

「……でも、謎の細い通路に来ちゃって、おかしいぞと思って引き返した結果、また謎の細い通路に来ちゃって、それでおかしいぞと思って引き返した結果が、この謎の細い通路だよね。ええと……すると、これは進まないとダメな流れなんじゃないかな……？」

自分でも何を言ってるかよくわかってない。

「えっ……そ、そう言われるとそんな気もするな……。うん、合っておるじゃろう……」

私たちは壮絶に迷っていた。

せめて仕事をしていたところまで戻りたいのだが、それがどこかさっぱりわからん。

「四万ゴールド出すから道を教えてほしいのじゃ」

「それだと、給料なくなるから、四千ゴールドにしてくれ」

さらに進むと、上り階段があり、私たちは歓喜してそれを上ったのだが――

いよいよどこにいるかわからなくなった。

「よく考えたら、来た時とはまったく違う階段じゃったようじゃし、上に行ってはいけなかったのではないか……？」

「いや、でも、垂直な距離としては地上に近づいてるわけだし、長い目で見れば悪くないんじゃないかな……？」

「それに、ここに上がるのに使った階段もどこじゃったかわからんしのう……」

うん、それぐらいには迷っている。

「ねえ、ムルムル、場所を確認するものってない？」

困った時は超古代文明に頼る！

私は超古代文明語の研究者だし！　別に恥ずかしくないし！

「そうじゃな。ないこともないかもしれん」

ムルムルは過去にシータクを呼んだ時の片手で持てるモノリスを取り出した。

「もしかして、シータクで帰るの？」

「いや、明らかな建物内部ではシータクは呼べぬ。じゃが、何かしら役に立つものはこのモノリスに内蔵されておるはずじゃ」

ムルムルはモノリスを使える。今はそれに懸けたい。

「ええと、ええと……あったのじゃ！」

モノリスに超古代文明語らしきものが表示された。

「ムルムル、これは何が書いてあるの？」

「『目的地を教えてください』と書いてある。このモノリスに向かって目的地を言えば、そこまでの経路を教えてくれる魔法じゃ」

「すごい！　それなら無事に帰れる！」

「問題は……マクセリア魔女大学がこのモノリスができた時代に存在せんことじゃが」

あっ。

その当時なかった施設名を言って、機能するものだろうか？

「いや、案外、自動更新できるほどに頭がよいのかもしれん。やってみんよりはよい！」

ムルムルはモノリスに顔を近づける。

「マクセリア魔女大学の図書館じゃ！」

モノリスに文字が表示された。少なくとも、何か反応はあった。

しかし、その文字は私でも読めた。

「『ここです』って表示されてる！」

たしかにここがマクセリア魔女大学図書館だ！

その図書館で迷ってる場合は意味がない！

「いや、未来の建物についても反応するほど賢いのなら、可能性はあるのじゃ！」

また、ムルムルはモノリスに顔を近づけた。

「『マクセリア魔女大学の図書館の一階』じゃ！」

今度はモノリスに矢印が表示された。

これで帰れる！

だが、その矢印はよく見ると――

真上のほうを差しているようだ。

「『垂直方向に約三分歩いてください』と書いてあるのじゃ……」

「それができたら、苦労しない……」

やはり、自力で迷いながら戻るしかないのか？

いいや、私も研究者だ。もっと合理的な思考をするべきだ。

私はムルムルの持っているモノリスに顔を近づけて、こう叫んだ。

「泪（なみだ）の森入り口！」

そう、もし、このモノリスが私たちの住んでいる汨の森までの道を認識してくれるなら、一縷の望みはある。

結局、まずは垂直方向に三分歩いて地上に出ろって言ってきたらそれまでだが……。

だが、そのモノリスの矢印は、細い通路の先を示していた。

「マジか……。この先に地上に出る道があるのかな……」

「わからぬ。余たちにできるのは、これを信じるか、信じないかの二択じゃ」

私とムルムルはその場で見つめ合った。

答えは出ていた。

「行こう」

「そうじゃな」

このモノリスの矢印を信じる！

以降、いくつかの分岐のようなものもあったが、モノリスは矢印を出してくれた。

大半は何もない通路で、稀に地下墓地らしき空洞や古代の都市の遺跡が出てくる。

どうやら私たちの住んでいる地面の下には昔の文明が埋まっているらしい。

これはこれですごい発見なのではと思ったが、よく見たら「マクセリア大学　調査地域」と杭が打ってあったりした。

新発見と思ったものも、大半はすでに誰かに発見されている法則！

それでも、私たちは黙々と地下空間を歩き続けた。

「地下って、こんなに広がっておるんじゃのう。アトランティス大陸でもここまでのものは、あんまりなかった……気がするのじゃ」

「いや、私も全然知らなかったよ……」

私としては、道がある以上、その先に進むつもりだ。

ただ、進めば進むほど、嫌な懸念点がふくらんでくる。

「ムルムル、まさかとは思うけどさ」

「うむ、なんじゃ？」

「これ、さんざん歩いた挙句、行き止まりで引き返すしかないってことはないよね？」

「怖っ！　その想像は怖いのじゃ！」

ムルムルの声が反響した。

「全然地上に出ないしさ……行き止まりだったらどうしようって怖さがある……」

「じゃあ、今のうちに引き返すか？　もはや一時間ほど歩いた気がするぞ？」

私とムルムルは顔を見合わせた。

結論はすぐ出た。

「……行く」

「じゃろ」

これだけ歩いたのが無駄になるという事実に耐えられない。

もう、絶対に地上に出ると思って、突き進むしかない！

だが、さらに十五分ほど歩いたところで、不吉なものが目に映った。

「おい、前が壁になっておらんか……？」

たしかにその通路の先が行き止まりに見える。

私も心が絶望でさっと黒くなる感覚があった。

だが——まだ立ち止まるには早い！

「この目で行って確かめてみるまではわからない！　それが研究者の矜持（きょうじ）！」

すると、行き止まりの天井のほうから、光が漏（も）れている。

この先に何かがある！

ただ、私の力だけではなかなか動かない。

「この天井、感触的に木だな。何かの建物の床下なんじゃ？」

「わかった！　余も手伝うぞ！」

ムルムルも私の横に来て、天井を押す。

やはりムルムルは見た目と違って、ものすごく力がある。

漏れていた光が一気に広がっていく！

そして、何かがはずれる感触があって――

視界に室内の壁やじゅうたんが目に飛び込んできた！　どこかの家に出てきた！

ただ……その壁が異様だった。

ムルムルみたいな顔の絵や布が何枚も掛かっている。まるでキリューの家みたいに。

というか、キリューの家なのでは……？

「わわわっ！　神様がこんなところから！　やはり、奇跡が神官のワタシに⁉」

そんな声とともに、さっとムルムルがキリューの腕にさらわれて、ハグされていた。

「おい！　なんじゃ！　どういうことじゃ！　あと、ここはどこじゃ？　説明せよ！」

「神殿の地下祭壇です。カムユー王国では神殿は地下に造るのが基本でしたので！」

そんなキリューの説明を聞きながら、私はなるほどと思った。

「この神殿、泪の森の入り口に建ってるもんな。ちゃんとモノリスは私たちを言ったところまで案内してくれた。ありがとう、モノリス……」

「できれば、余にもありがとうって言ってほしいのじゃ！　親しき中にも礼儀ありじゃ！」

キリューにハグされたまま、ムルムルが叫んだ。

自分を信じて、というかモノリスが指し示したところを信じて突き進むと、どこかにたどりつける、そういうことを知った一日でした。

ちなみに十五秒後――ムルムルがキリューから危害を受けていると、『虚無の書』にかかっている魔法が反応したらしく、軽い爆発が起こりました。
私もちょっと巻き込まれたけど、地下から出られないよりはマシだった。

第9話

魔女、ソバを食べる

その日、私は朝食を終えると、ダイニングのテーブルで研究をしていた。

とくに深い意味はなく、大学が休みの日だったのだ。授業がない日は、研究室も閉まる。

錬金術（れんきんじゅつ）の研究室なんかは年中無休で誰かいるらしいが、文系の研究室は暦（こよみ）と同じ動きをする。

しかし、研究が休みという日はない。

なので、テーブルに何冊も資料やら用例をメモしまくったノートを並べながら、超古代文明語の単語を一つ一つ確定する作業をしていた。

その横で、ムルムルが掃除をしている。

ブオーッとうるさい音を黒いモノリスが立てている。そのモノリスについた取っ手でムルムルが操作している。そうやって床のホコリを吸入するらしい。

「そんな、厳密に一語一語、確定していかんでも、余の中に書いておる単語は余が教えてやれるぞ。アトランティス大陸のことを語るのは限界があるのじゃが、そっちのほうは簡単じゃ」

「気持ちはうれしいけど、『虚無の書』に聞いたから正しいですと論文に書くわけにはいかないから。ムルムルから聞いた単語が本当にそうか、現在、残ってる資料から証明していく必要があるわけ」

正直、ムルムルの中に書いてある単語を順番に、「こういう意味だ！　以上！」と並べていって、論文完成ということにできたら、すっごく楽なのだが。

「あと、ムルムルの中で使われてる言葉って、超古代文明語でもものすごく特殊じゃない？

見たこともない単語や用例がわんさかあって……そのまま並べても否定される」

「変な用例？」

　ムルムルが掃除用モノリスを止めた。けっこううるさいので、会話の邪魔になる。

「ああ、余のページの大半は著者の恨みつらみで構成されておるからのう……。しかも、万一流出しても、わからないようにぼかしておるところも多かったわ。文体も、当時の口語じゃろうな」

「じゃあ、わかりづらいのも当然か……」

　断片的に残ってる超古代文明語のテキストは、どこかの石版に書かれた文章とかのもので、そういうのはとことんお堅い。

「ムルムル、これは読める？」

　私が見せたのは『太陽石版文書』と呼ばれている、太陽を讃えている石版の文章だ。

「うっ……難しい表現であることだけがわかる。読み方もわからん単語ばかりじゃな」

　やっぱり、今の時代に残ってるものは、当時の日常語とはかけ離れているようだ。

「すまんのう……。いまいち、力になれぬようじゃ……」

　ムルムルが肩を落とした。

「いやいや！　ムルムルが謝る理由は一切ないから！　ムルムルがここにいるだけでも反則みたいに助かってるから！　新たに読めるようになった単語もすごく多いから！」

ムルムルが来てから研究が進展してるのは事実だ。

アトランティス大陸の知識を持ってる人物がいるのだ。その影響力は計り知れない。

「来年度はとんでもない数の論文を出せそうだし、マジで『超古代文明語における最強のポスドク』の名をほしいままにできそうだよ」

「余がおってもポスドクなのか？」

素で返された。

「……本当だよな。なんでこんなチート状態でポスドク脱出できるって言えないんだ」

冷静に考えたら変な話である。絶対、超古代文明語学界はおかしい。

「まあ、愚痴は言わない。こういうのはプラス思考。研究は進んでる。今の私には追い風しかない」

私以外の超古代文明語の研究者はもっと不利な立場で研究を続けているのだ。

なのに、私が贅沢を言ってどうする。

けど、私と比べても全然実績ない奴が教授になってたりするのを見ると、納得いかないな。

じゃあ、実績あるポスドクの私が今から恵まれてもおかしくないのでは？

「あっ、またダークサイドに引っ張られそうになっている！　集中、集中！」

私はまた本に目を落とした。

ムルムルが微笑んでいる気がした。

母親役をやると言ったムルムルからしたら、私がしっかり勉強していれば、それはうれしいことなのだろう。

「おっ、そうじゃ、そうじゃ！」

ムルムルの声が離れたところから聞こえた。

新しいラメーンやギョザールのアイディアでも湧いたのだろうか？

そろそろ私もムルムルの料理に慣れてきて、なんとも思わなくなってきた。

だが、違った。

ムルムルはエルディーナを連れてきたのだ。

「あの、わたくしに読んでほしい資料というのは、どれでしょうか？」

神の手を借りるのか！

そりゃ、エルディーナなら読めるだろうけど、いいのかな？　明日にでも教授になれるほど『太陽石版文書』の研究が進むぞ。

いや、当時を詳しく知る存在の知識を借りるだけだ。やましいことはない。

「まだ、エルディーナに解読を直接してもらってはおらんかったじゃろ。これで、勝ったようなもんじゃ」

ムルムルも自分の策に自信があるのか、胸を張っている。

「あの、エルディーナ、ここなんだけど、読んでくれる？」

「そりゃ、この程度のもの、わたくしにかかれば、ちょちょいのちょいです」

さっと、エルディーナは本をとった。

そして、得意そうな顔が、じわじわ「ぐぬぬぬぬっ……」という悔しそうな顔に変わっていった。

読めてなさそう！

「くっ……いえ、そんな……むっ！　むむむむ！　無礼ですよ！」

絶対に無礼な要素はない。

「別にあきれたりも、失望したりもしないから、正直に読めないって言っていいよ」

「その、すべてを諦めて受け入れますって、アルルカの態度も腹が立ちます！」

「軽く逆ギレ⁉」

「しょうがないじゃないですか。あまりにも大昔の言葉だから、読み方もきれいさっぱり忘れてしまいました……。わたくしにとったら、今の文明とかの歴史のほうが長いですし……。ほら、幼児の頃は植物の名前にすごく詳しかったのに、大人になったら全然覚えてなくて、そのへんの雑草の名前すら言えないとか、よくあるじゃないですか。その時に話を聞いてた祖母のほうが記憶してて、かえって祖母から植物名教えてもらう的なやつです」

「たとえが生々しい割には、わかりづらい」

目をそらしてエルディーナはひたすら言い訳を並べていた。

心残りでもあるように、左右の人差し指をつんつん突き合わせている。

私は研究用の本を一度、閉じて、う～んと腕と背中を伸ばす。

「まっ、いいや。自力でやらなきゃ何事もダメだってはっきりしたし、それだけでも収穫。気持ちだけもらっておくよ」

「アルルカ、大人ですね」

「お世辞にも子供って言える年齢じゃないしな……。雑草で思い出したけど、庭の雑草でも引っこ抜いてくる」

「あっ、雑草は……」

「いいよ。そんなこと神様にやらすことでもないし、うちの家の問題だし」

「わたくしが豊穣の神の力で、根っこを急成長させてしまいました」

「雑草もチート！　……でも、抜いてきます」

ムルムルとエルディーナが顔を見合わせていたが、誰も悪くない。私は私でやれることをやる。

マジで雑草の抵抗力が尋常ではないものになっていて、引っ張って腰を傷めた。

「ニンジンみたいな太さの根っこもあるぞ。むしろ、食材になるのでは……？」

しばらく雑草と格闘していると、ムルムルが庭に出てきた。

やけに楽しそうだから、いい料理ができでもしたのだろう。

「お昼じゃぞ。そろそろ切り上げよ」

「あいよ。今日は何ラメーン？」

もはや、一日三食ラメーンでもそんな気にならなくなっている。

「まあ、戻ってくればわかる」

どういうことだろうとムルムルと一緒に家の中に戻って、その匂(にお)いの異質さに気づいた。

「なんだ、この香り？」

「はい、できましたよ！　栄養満点、山菜キノコソバです！」

そこにエプロンをつけたエルディーナがどんぶりに入った麺料理を持ってきた。

「やっぱり、ラメーンか。いや……ラメーンの麺にしては――茶色い」

「それはソバですから。ソバの実で作った麺です。さあ、ソバの香りを楽しんでください。山菜もキノコも泪(なみだ)の森で採(と)れたものをそのまま使いました。これぞ、地産地消の精神です！」

そのどんぶりが私とムルムルの席に並べられる。

「じゃあ、いただくかな」

もはや異文化の料理に対しての警戒心も下がっているので、平気で私は木製フォークを取る。

ふうふうと冷ましてから、山菜ごと口に入れる。

「あっ、こんな麺料理もいいかも！」

食感も味も何もかもがラメーンとは違う。これはこれでいい。

「どうでしょうか？　ラメーンばかりで疲れた胃にはよいでしょう？」

「たしかに、そういうメリットもあるな……」

ラメーンは連食するとハードな時がある。

いわゆる、おふくろの味とはソバも違うと思うが、スープを飲むとほっこりした。体が芯から温まる。

「ありがとう、エルディーナ。スープも飲み干しちゃった」

「そう言ってもらえてわたくしもうれしいです。ちなみにまだ山菜が余ったので――」

また台所に戻ると、エルディーナはもう一皿持ってきた。

「天ぷらにしてみました。塩をつけて召し上がってください」

どうやら、春の山菜各種がからっとフライになっているらしい。

「へえ、こういうのもあるんだ。では、早速」

フォークで突き刺したものに、塩をちょいちょいとつけて、口に入れる。

「驚くほど軽い食感！　そして、ふんわりと甘いような、苦いような、複雑な味だ……」

私は思わず目を見張った。

「これは調子に乗って、やけに高い居酒屋をチョイスした時に味わう料理の次元だよ。シンプルだけど、奥深い技術が感じられる……」

「でしょう？　小さなことをこつこつと妥協せずにやり尽くしたからこそ表現できる到達点、それがこの天ぷらなのです」

なんで、神が料理を極めてるのか謎だが、この料理が素晴らしいのはわかる。

そういえば、ムルムルの感想を聞いてないな。

「ムルムルもたまにはラメーンじゃない麺類もいいよね？」

ムルムルはやけにむすっとした顔をしていた。

ただ、嫌いだから残したわけではないようで、皿は空になっている。

「おいしかったのじゃ。しかし！　この料理は虚飾じゃ。張り子じゃ」

「ちょっと！　それはどういうことです⁉」

エルディーナがケンカを売るならすぐに買うぞという顔で立ち上がった。

げっ！　また争い勃発は困る！

「たしかに味付けも下ごしらえも見事じゃ。料理としてここまでの完成度を誇るのはなかなか大変だったじゃろ」

あれ、ベタ褒めしてるぞ。だったら、もっとわかりやすく褒めてほしい。

「じゃが――」

「あっ、今から否定に入りますってシグナルがありました！　無礼ですよ！」

「おい！　話は最後まで聞くのじゃ！　反応がよすぎる！」

ムルムルが待つよう要請したので、一応、エルディーナも聞きはする姿勢に入った。腕組みしてるし、かなりケンカ腰だが。

「料理として、そなたの作ったものは見事じゃ。そこに文句をつける気などない。しかし、そなたの料理には大きな問題がある！」

「聞きましょう。ですが、くだらない問題だったらただではおきませんよ」

私は何も口出しできないので、その様子を見守るしかない。

料理に強い信念を持ちすぎるのも考えものだ……。

「そなたの料理は格式ぶりすぎておる。言い方を変えれば、敷居が高い！　これでは儀式じゃ！」

いちいち、ムルムルが立ち上がって言った。少しでも背が高い感じを出して、威圧感を表現するためだろうか。

「それの何がダメなんですか？」

エルディーナもすぐにムルムルをにらみつける。

「よいか。アルルカは学生じゃぞ。初老の食通ではないのじゃ。大味でもがつがつと腹がいっぱいになって、食べているという実感を得られる料理、そんなものこそ必要とされているはずじゃ！」

やけにムルムルが情熱的に叫んだ。

そんな感情をこめる要素があった気はしないが、ムルムルが私のことを思ってくれているのはわかっ――

「じゃから、余はラメーン・ギョザール・チャハーン、さらに時には鶏のから揚げまでつけた、元気いっぱいセットを提供するのが正しいと思うのじゃ！」

「それは、ムルムルの個人的な好みだ！」

うなずけるかと思ったが、無理だった。

自分の好みを、私のためにしてることみたいに言うのは何か違うぞ！

しかし、なんかエルディーナは負けたという顔をしていた。

えっ？　なんで論破された風になってるの!?

「たしかに。これは、貧乏学生に向き合った料理ではなかったかもしれません。天ぷらもつけてしまうと、軽く千五百ゴールドはする料理でした。もっとこってりと安い油で胃もたれするぐらいがよいのですね」

「待て。そこは高い油でいい」

自分から胃もたれを求めてどうする。

「次は天ぷらの余りを大量に投入して、おなかがふくれる感じにしましょう」

「だから、がっつり系にシフトしていこうとしなくていいから！　自分のよさまで消さないでいいから！」

「うむ、そなたの料理は見事じゃった。ただ、貧乏学生を対象とした料理ではなかった、それだけのことじゃ」

「おい、勝った感じで語るな！　あと、貧乏貧乏うるさいわ！」

最初からラメーンやギョザールはムルムルの好みだろ！

結局、料理対決（?）は無時に終了したが、私の中でだけもやもやするものが残った。

私は買い物のために帰るエルディーナに声をかけた。

「エルディーナ、また天ぷらとか作ってくれたらうれしいな。すごくおいしかったよ」

「ありがとうございます。でも、アルルカは鶏のから揚げたっぷりのほうがよいのではありませんか？」

「勝手にがっつり食べるキャラにするな」

エルディーナには、さっぱり系をこれからも守って作っていってほしい。

あと、ムルムルにも、あまり他人の料理を否定するなと言っておかないとな。

自分の道を極めるのはいいけど、他人を否定するのはダメだ。私だって、別分野の研究者から超古代文明語を研究しても無意味だとか言われたらキレるだろうし。

自分を守るために、他人を傷つけなきゃいけないとしたら、それは根っこが間違っているのだ。それと、私も太くなりすぎた雑草の根っこで腰を傷めた。

ムルムルはちょうど台所にいた。

後片付けのためだろうか。どのみち、料理のことで注意するにはちょうどいい。

けど、私は言葉を差し控えた。

「ふむ……これがソバ出汁(だし)というものか」

真剣な顔つきでムルムルがエルディーナの料理のチェックをしていたのだ。

私の表情もやわらかくなったと思う。

あの調子だと、今晩はソバが出てくるな。

ムルムルはムルムルで好奇心旺盛(おうせい)だ。なにせ世界を動き回れるようになったばかりなのだ。

長く存在していても、動けるようになった期間は子供未満だ。

私もこれまでと違った、新しい論点の論文を作れるように努力してみよう。

一人暮らしが劇的に変わったのだし、それぐらいやってもいいだろう。


私はダイニングで研究に没頭した。

ムルムルは新しい料理の開発なのか、台所にこもっていた。

とくに言葉をかわすことはないけど、それぞれが真剣に自分のやるべきことをやっている時間というのも、とても刺激的だと思う。

少なくとも、まったく孤独じゃない。

これまでのポスドク期間とまったく違う。

ほのかに台所からは、ソバの時のスープの香りが漂ってくる。

ムルムルがしきりにごちゃごちゃやっているので、ソバを作ろうとしていることはすぐにわかる。

研究に集中している間に、ごはんが用意される環境っていいな。

これまでは買いだめしていたパンをかじったりしてやってたもんな。

魔女の私には神に感謝するポーズなどないので、召喚獣を呼び出す時のポーズをしてみた。

親指だけを出して右手を軽く握って、目を閉じて、ムルムルのほうを向く。

「……そなた、何をしておるのじゃ？」

「ムルムルに感謝をこめてる」

「気持ち悪いわ。そういうのは、見えんようにやれ。見せつけられておるみたいでむずむずする」

ムルムルはそう言ったが、薄目を開いて見てみたら、まんざらでもなさそうだった。


日も暮れてきて、だんだんと夕飯の時間になった。

ソバの香りはいよいよ強くなっている。

「そろそろ夕飯の時間じゃぞ。テーブルを片付けよ」

来た！

ムルムルの作るソバはどんな味だろう？

「へい、お待ちじゃ！」

ゆっくりと、いつものラメーン用の鉢（はち）をムルムルがテーブルに置く。

さあ、ソバを食べるぞと麺を上げて、やっと何かがおかしいことに気づいた。

「この黄色い麺……ラメーンのやつ……」

「そうじゃぞ。エルディーナのソバのスープからインスパイアされて、ソバ風のラメーンを作ったのじゃ！」

そこは意地でもラメーンなんだな……。

「あと、チャハーンの代わりに、これを作ってみた」

いつものチャハーンより茶色い、コメ料理だ。

「ニンジンと鶏肉が入ってるね」

「うむ、鶏五目飯（とりごもくめし）じゃ」

やっぱりムルムルが作るものはこうだなと思って、まずラメーンをずずっとすすった。

口の中に新鮮な驚きがあった。

「あっ、これはラメーンでもないし、ソバでもない……。どっちでもない別の料理だ！」

「じゃろう。余は決してただの足して2で割るようなつまらぬものは作らん。全力を尽くしておるのじゃ！」

ムルムルの瞳は今度は鶏五目飯に向いている。

そっちも早く食べろと顔に書いてある。

よし、こちらも。

「やさしい味だ……。今までで一番ママみのある味……」

鶏が出すほどよい甘みに包まれる。

チャハーンのパラパラした感じとは違う、もちっとしたコメの食感もいい……。

「ふふふ、余も日々成長しておるのじゃ。ラメーンばかり作るわけではないのじゃぞ」

ムルムルはどうだとばかりに手を腰に置いて胸を張っている。

でも、一つ言わせてほしい。

「これもラメーンはラメーンだろ」

「そこまでは譲れんのじゃ」

謎のプライドがある。

エルディーナが来たことでムルムルにも変化が生まれてるのだな、と思った。

だったら、私も――


その夜、私は黙々とエルディーナ神について書かれた研究論文を手当たり次第に引っ張り出して読んでみた。

エルディーナ神についてのものは私の専門範囲ではない古代文明語のものだが、基礎的な研究論文は私も持っている。

「やっぱり、今まで不明だとされてた植物を示す単語……ソバだ！　ソバと解釈すると矛盾なく解ける！　これで論文一つ書ける！」

古代文明語の論文にも挑戦してみようか。

今まで超古代文明語の研究をしていたからこそ見える視点もあると思う。

ムルムルが来て、私の生活も変わったわけだし――

「研究も深めていくだけじゃなくて、変わってもいこう」

その日、私はムルムルに、「もう寝なければ健康にも美容にも悪いのじゃ」と注意されるまで、論文の作成作業に取り掛かっていた。

こんなに作業が楽しいの、久しぶりだったかもしれない。

魔女、行列のできる店に入る

魔女の交通手段の一つにホウキがある。

ホウキ自体はただのホウキだが、これに乗るわけだ。ただし、たいして速度も出せないし、ある程度、魔力の消費もあるので、おとぎ話にあるみたいに、長距離をすいすい移動するようなことはできない。そんなことができたら、遠方で開かれるシンポジウムの交通費も節約できるっちゅうに。

あと、二人乗りも到底不可能なので、ムルムルが大学図書館に来たりした日は、二人で一時間ほど歩いて泪(なみだ)の森まで帰ることになる。

「イシハンヌが余のために聴講生の資格をとってくれたのじゃ。これで自由に授業も受けられるらしいのう」

「よかったね。教授、そういうところは本当にマメだから。あの人間力があれば、やっぱり教授にまでなれるんだな……」

面接なんかでも印象も全然違うだろうしな。学生と上手(うま)くやっていけなさそうと判断されたら、どこの大学からもお呼びがかからないはずだし。

「となると、研究者でもコミュ力がいるのか。……うん、私に最も足りないものの一つだ」

「落ち込む話題でもないのに、自分から落ち込みにいくでない。ほら、もっと元気いっぱいだーって顔をするのじゃ。腰も曲がっておる！」

ムルムルが腰をぱんぱんと叩(たた)いた。

「言いたいことはわかるけど、六十年ポスドクやってる奴が元気いっぱいでにこにこしてたら、それはそれで異形の存在だよな……」

見ると精神に悪影響をきたすタイプの悪魔みたいである。

そんなことを言いながら歩いていると、泪の森に近づいてきた。

市場のある町の中心地から泪の森まではなだらかな峠を歩いて、ちょっと下る必要がある。下りになってきたら、そろそろ森が見えてくる。

住人はちょっと前まで私しかいなかったぐらいなので、ショートカットを試みる長距離移動の旅人ぐらいしか通らないのだが――

中年の夫婦らしき人たちとすれ違った。

「いい配合だったわね」「エルフだから粉の扱いは見事だな」なんて会話をしていた。

いや、森は全部私の土地ってわけじゃないし、道を歩いてるだけだし、何も問題はないんだけど。

「ムルムル、ここ最近、このへんに来る人、増えてない？」

「うむ。余が来たばかりの時と比べても、増加傾向にあるようじゃな」

「だとすると、一体なんだ？」

しかし、原因がどこにあるかまではすぐにわかった。

カムユー王国の生き残りの神官キリューの神殿兼自宅から、町の住人らしき人が楽しげな顔で出てきたのを目撃したのだ。

「あっ、泪の森の魔女さんとその娘さん、お疲れ様です」

「あ、これはどうも」

私はあいさつまでされてしまった。

「おい！　余は娘ではないぞ！　むしろ、アルルカのほうが娘みたいなもんじゃ！」

ムルムルが立腹していたが、そこはどうでもいい。

「ねえ、ムルムル、このあたりで人と会うことが増えたのって、キリューの神殿のせいだね」

「じゃろうな。これより先の森で人とすれ違うことはない。せいぜい、キリューがやってくるぐらいじゃ。キリューの神殿というか家は森の入り口じゃからの」

そこで、ふっと疑念が浮かんだ。

「エルディーナは神様だから生活もどうとでもなるだろうとして、キリューってどうやって生活をしてるんだろ？」

信者が多い神の神官なら、お布施（ふせ）とか収入もあるだろうけど、滅んだ国の神官だから、そんなものもないはずだ。

「わからん。あいつの家は気味悪いから入らんようにしておるしの……」

キリュー家の裏手の庭をちらっと見てみる。

このへんだと見られない植物がいろいろ植えられている。エルフだから普通なことかもしれないが。

足音が聞こえるなと思い、振り返ると、小走りでやってくる若者がいた。

「いや〜、一週間連続で通ってるけど、全然中毒じゃない。うん、中毒じゃない！」

そんなことをつぶやきながら、キリュー邸に入っていった。

私は嫌な予感がした。

「謎の植物。中毒がどうとかいう表現。配合だとか粉だとかいう言葉。もしや……」

違法な薬を売ってるのではないだろうな……？

無論、それは犯罪である。しかも、けっこう重い罪だ。

まして、個人で楽しんでただけじゃなくて、町の人が訪ねてくる次元だとしたら、だいぶ蔓延（まんえん）させていることになる。

大丈夫かな？

と、ムルムルが小型モノリスに話しかけていた。

「あっ、冒険者ギルドか？　麻薬を使用して、さらに販売しておるかもしれんエルフがおるので、調査を依頼したいのじゃが――」

「早すぎる！」

私はすぐにその小型モノリスを奪い取る。

「あのエルフが逮捕されれば、余にとっては平穏が訪れるのでな……」

けっこう、えげつない本音が垣間見えてしまった。

「あと、小型モノリスって離れたところにも連絡できるの？　やけに便利なんだけど」

「うむ、緊急時は、これで通信しておったようじゃ。じゃが、この世界にそんな通信方法が確立されてないから、これだけでは立件不可じゃな。今から直接ギルドに行くしかない」

「行くな、行くな」

　私はムルムルの腕を取った。

「いや、しかし、犯罪者を野放しにはできんじゃろう。近隣住民とはいえ、ここは司法にすべてをゆだねるべきではないか？」

「キリューに容赦しなすぎだろ」

　まあ、私も部屋に自分の絵を並べられたりしてたら、気持ちも変わるのかもしれないが。

「滅んだ国の流浪の神官だったから、この土地の法なんかも詳しく知らないかもしれないじゃん。たんに本人が無自覚なだけだったら、注意してやめさせよう」

「うむ、わかったのじゃ」

　ムルムルも理解してくれたらしく、こくこくうなずいた。

「まだ日が高くて、遠くへ逃亡される恐れもある。日暮れにもう一度訪ねることにするのじゃ。森へ入るのを諦めて、町に逃げれば足はすぐにつくはずじゃ」

「逮捕するの前提かよ」

★

私とムルムルは一度帰宅してから、キリューの家へと向かった。

ムルムルはなぜか縄を持っている。

「一応聞くけど、その縄は何？」

「抵抗された場合、縛らねばならん。なあに、不要な暴力は振るわん。あくまでも罪は法廷で明らかにすべきじゃ」

「１２００パーセント犯人だと決めつけてるな……」

もっとも、違法薬物を作っている可能性は否定しきれない。

「夜な夜なひっそりと製造しておるやもじゃ。夜に行けば現行犯逮捕できるぞ」

ムルムルは縄を両手で、びんびんと引っ張っている。

だが、夜な夜なひっそりも何もあったものじゃなかった。

キリュー邸の前から列がずらっと伸びている！

客層から見るに、町の人と大学の魔女が半々といったところか。

待ち客は二十人弱。近所にほかの家もないので、音量も気にせず談笑している。

「おおっぴらにもほどがあるのじゃ。残念ながら、犯罪ではないのう……」

「残念がるな。そこは思ってても言うな」

その列の中に目立つ顔、厳密には目立つマスクがあった。

「あっ、ハスカーンじゃん」

研究室のハスカーンが列の後ろのほうに並んでいた。

「おや、先輩とムルムルさんじゃないですか。お二人もここのお店めあてですか？」

「お店？　ここって店なの？」

「そこの木にプレートが掛かっています」

差されたところを見ると、木の枝に『レストラン　カムユー　ＯＰＥＮ』という札が！

「あやつ、店を開いてカネを稼ぐことにしおったのか。その生活力、敵ながらあっぱれじゃ」

敵とみなしてることに関しては、キリューにも原因があるので、とくにツッコミも入れないでおこう。

「ここはカムユー王国があった土地の郷土料理を出すお店なんです。このあたりじゃ、唯一無二の存在なんで、みんなここに来るしかないってわけです」

ハスカーンは来たことがあるのか、多少の常連風を吹かせている。

「遠方の出身であることを利用して、その土地の料理を出すことにしたわけか」

「それと、知り合いだからって列の途中に入るのはマナー違反なので、最後尾に並んでくださいね」

「うん、そのあたりのことは、ちゃんと守るよ」

たしかに横でハスカーンとずっとしゃべっていると、割り込み未遂感があって警戒されそうである。

それはそれとして、さて、これからどうしよう。

私はムルムルの顔をうかがった。

「どうする？　ごはん前だけど食べていく？」

「うむ。夕飯のラメーンは夜食用にまわすのじゃ」

「せめて朝食用にまわせ」

夜に二食食べるのかよ。


私とムルムルは最後尾に並んで、自分たちの番が来るのを待った。

回転はけっこういいらしく、列はどんどん進んで、ほどなく自分たちが一番前に来た。二人連れの客が出てきたので、入れ替わりに入ることにする。

入ると、やはりムルムルそっくりの神のグッズが並んでる空間があった……。

「まさか、こんな空間で食べないよな……。あっ、あっちか」

奥に地下へ降りる階段があり、「お店はこちらです」とプレートが掛かっていた。

この階段自体は前に大学図書館の地下からここにたどりついた時に上ったことがある。

あの時はどのフロアに何があるかなんてろくに見てなかった。

地下一階に降りると、そこはずらりとテーブルが並んでいて、カーテン奥からはなにやら独特の香りがしていた。文句なしのレストランのフロアである。

「思いのほか、ガチで店をやってる！」

そして、このフロアにはほぼムルムル要素もない。

奥の棚に一体、ムルムルっぽい神像が置いてあるだけだ。

一階が飲食店の空気としては合わないことは、キリューも理解しているらしい。

そこにエプロン姿のキリューが出てきた。

「はい、二名様ですね。そこの二人用のテーブルに——って、神様ではないですか！　神様がこんな辺鄙な森の隠れ家レストランにご来店してくださるだなんて！　世界的な格付けで五つ星をもらうよりも光栄です！」

あっ、ムルムルを見てテンションがおかしくなるのは同じだ……。

「もう、全品タダでいいです！　むしろ、お供えさせてください！」

「いや、そなたに借りを作りたくないから、カネは払うのじゃ。心理的に嫌じゃ……」

ムルムルは目をそらしながら拒否した。ムルムルもキリューへの対応の仕方が上手くなっている気がする。

「ところで、この店はどんなメニューがあるの？」

席についてキリューに尋ねた。カムユー王国あたりの伝統料理ってどんなものだろう。

「メニューはカリリっていうこの店の顔と、あとはパンとサラダね。以上」

どうでもいいけど、私の場合は客で来たとしてもタメ口なんだな。むしろ気楽だ。

「事実上、カリリって料理一本勝負か……。なかなか思い切ってきたな」

「その代わり、日によってカリリの味が変わるの。今日はマトンのカリリね。食材だけじゃなく、味も毎日変えてるし」

ムルムルが毎日、ラメーンの味を変えてくるようなものだろうか。

「それと、カリリを注文する時に辛さを決めてね。1から5までの五段階あるけど、最初は一番マシな1にするのをおすすめするわ」

辛い料理なのか。

たしかに辛い料理にハマる人間って多いし、あの行列もはまった人たちなのだろう。

「じゃ、私は1辛のカリリとパン、それにサラダ」

「余も同じのでよい」

「はい！　神様の料理はほかの客よりも百倍心を込めて作りますね！」

「そこは平等にせよ」とムルムルのほうが突っ込んだ。

「でも、お客様が神様ですから！」

「『お客様は神様です』みたいに言わんでよい」

キリューからしたら神様が客として来てるわけだから、ややこしいな……。

「ところで、どんな料理なのじゃろうな。想像もつかぬわ」

ムルムルは足をばたばたさせている。

「それは私も同じ。どんなのなんだろ」

しばらく待っていると、キリューが金属の皿を出してきた。

「あいよ、アルルカ、できたわよ。神様、どうぞお受け取りくださいませ！」

「いちいち、対応を分けるな」

金属製の大きめのプレートにサラダとパンが置いてあり、あと、その皿の上に小さな金属製の鉢が別途載っている。

その鉢に茶色い、やけに粘度の高そうなシチュー状のものが入っている。

「消去法的に、これがカリリか」

「そうよ。パンにつけて食べなさい」

私はパンをちぎってカリリというのをべちゃっとつける。

それから、口に入れる。

「食べたことない味だけど、美味い！　あと……辛い！　遅れて、辛さが来た！」

脳にこれまで経験のないタイプの刺激が！

「でしょ。カムユー王国はかつて陸上交通の要衝でね、各地の商人がたくさん香辛料を持ってやってきたの。そのおかげで、こういう香辛料使いまくりの料理ができたわけよ」

得意げにキリューが講釈を加える。しっかり風土に根差した料理らしい。

「さらにワタシはエルフだから、植物の知識も豊富でね。ハーブや新しい香辛料もいろいろ試して、独自のカリリを確立したわけよ」

「そっか、ただのうさんくさいエルフじゃなかったんだな」

「このへんで採れる葉っぱも入れてるわよ」

キリューが葉っぱを出した。

もしや、前に渡してきたのも、ちゃんとした香辛料だったのか!?

ずっと、キリューと話し込んでしまっていたけど、ムルムルはどうだろう。

お子様っぽい体だし、辛いのは苦手だったりしないかな？

何かに憑かれたかのように、パンをカリリにつけて、どんどん消費している！

「パンが尽きたのじゃ。単品でお代わりじゃ」

「はい、パンはお代わり無料です！　嗚呼！　今までで一番神様とつながれている気がいたします！　ワタシの作った料理を神様が召し上がる、もはや実質セッ――」

「店の中でそれ以上言うな！」

私が止めた。神官なのに、けっこう卑猥だ。

とはいえ、カリリが美味いのは本当で、私も二個目のパンが必要になった。

「辛さに慣れてくると、いろんな香辛料でこの味になっているのがわかってくるね。重層的というか、絡み合ってるというか」

「じゃのう。使われておるものの種類が多すぎるのじゃ。十種類ではきかぬな」

ちょうどハスカーンがお代を払って帰っていくところだった。

「あやつ、最低でも四つはパンを食べておったぞ」

「なるほど……。パンで自動的におなかいっぱいになれるシステムなのか……」

学生の割合が高い理由もわかった。

「うむうむ。ラメーンとはまったく違う文化の料理じゃが、ここにはエルディーナのような、変にお高くとまったところがない。よい料理じゃ！」

「わからなくもないけど、違う料理をけなすな」

ムルムルは著者の影響なのか、格式の高いようなタイプの料理は好きではないのだ。

私も貧乏なポスドクなので、うなずけるところもあるが、格式の高いものにはそれはそれでよさがあるので、共存していけばいいと思う。エルディーナが作ってくれそうだし。

また、ムルムルが「パンお代わりじゃ！」と手を挙げ、さっとキリューがパンを持ってきた。

ムルムルも本当によく食べるな。

だが、ムルムルの食欲を見ていて、少し引っかかるものがあった。

いくらなんでも料理にハマりすぎではないか？

私はじっとカリリに視線を落とした。

たとえばだけど――

このカリリの中に麻薬が入ってるなんてことはないよな……？

「ちょっと、トイレに」

私は席を立った。

以前、地下を歩き続けたら、この建物の下に出た。そして、あの祭壇のあった部屋は地下一階という深さじゃなかった。

ということは、まだまだこの下に階層があるはず。

客としてはルール違反だけど、知り合いの家と考えれば、ギリギリ許される範囲だろう。

私は下へ続く階段を降りていく。

一つ下の階層は、店ではなかった。またムルムルそっくりの神のグッズが並んでいる。一フロアで収まらないだけあるんだな……。

さらに階段を降りる。やっぱりムルムルそっくりの神のグッズが並んでいる。

どんだけあるんだよ！　業者かよ！

そして、さらに階段を降りた時――

以前は気にしていなかった、奇妙な空間が目に飛び込んできた。

天井にいくつもランプが灯（とも）されていて、その下にたくさんの植物の鉢が並んでいる。

私は息を呑んだ。

「これって、変な植物を栽培してるんじゃ……」

「あら、見てしまったのね」

声に振り返ると、階段のところにキリューが立っていた。

笑っているけど、目が笑っていない。そこまで明るい部屋じゃないから、余計に怖い！

「関係者以外立ち入り禁止よ。学生だからって非常識ね」

ポスドク六十年というのは学生に入るのか怪しいが、それどころじゃない。

「こ、この……草はいったい、何……？」

聞かないわけにはいかなかった。

ただ、違法の草ですと答えられた場合、どうすればいいのかという面もあるが。

「決まっているじゃない」

キリューの口の端が、わずかに上がった。

私はごくりと唾を飲んだ。

「──カリリ用の食材として育てている野菜よ」

「………やさい？」

キリューが手近の鉢を一つ、掘り返した。

そこから、やけに四角い形のニンジンが出てきた。

「このニンジンでないと、いい味が出せないのよ。企業秘密だから黙っててね」

「念のために……念のために聞くけど、麻薬の栽培とかしてないよね」

しょうがないが、ぎろっとにらまれた。名誉棄損に近いことだからな……。

「神官がそんな愚かな行為に身を染めるわけないでしょ？」

「そうだね……。ごめん……」

「ワタシほどの神官にもなれば、麻薬なんてなくても、脳内で神と合一化できるわ！」

素晴らしい笑顔で妙なことを口走ってきた！

「つまり、頭の中で好きなだけセッ――」

「言わなくていい！　一切言わなくていい！」

階段を上がって戻ると、ムルムルはパンをむしゃむしゃ食べていた。

「おう、トイレ長かったのう」

「別にそんなことない」

私もパンをおかわりした。

「たまにはカリリもいいものじゃのう」

「ムルムルが言うと、すごく説得力あるよ」

たいてい、ラメーンとその仲間たちが食卓に出てくるからな。

「まっ、ラメーンの合間にカリリを食べてもよいかものう」

——五日後。

私たちはまたキリューの家というか、『レストラン　カムユー』に来ていた。

これで五日前から六日連続である……。

「やけに癖になる味じゃ……。ついつい、また来てしまうのじゃ……」

「だよね。そろそろ、ラメーンでもいいかなと思わなくもないんだけど」

「じゃ、じゃあ、あと三日通ってからラメーンを作るとしようかのう……」

違法な成分は入ってなくても、しっかり中毒になっている私とムルムルだった。

魔女、お花見をする

「助けてください！」

私が大学帰りに市場（いちば）に寄って（ラメーン用の）小麦を買って、ちょうど家に着いた時のことだった。

エルディーナがそのタイミングを待っていたかのように駆け込んできた。

「いったい何事？　エルディーナに恨（うら）みを持つ神でも来た？」

ムルムルが恨みを買っていたぐらいだし、一度あることは二度あるかもしれない。

「わたくしの神殿の中に恐ろしい動物が入り込んだんです！」

動物？　戦闘能力としては私よりムルムルのほうがはるかに高いのだが――

「今はラメーンの仕込み中で手が離せん！」

ムルムルは巨大な円筒状の鍋を、台に乗りながら両手でかき回していた。

あれは何があっても動かないな……。

まっ、この森に命にかかわるような動物はいない。長年暮らしている私が保証する。

「じゃあ、エルディーナ、私でよければ行くよ。ドラゴンが暴れてるってわけじゃないでしょ」

ドラゴンが暴れていたら、すでに神殿は壊れているはずだ。

「ありがとうございます！　同意していただけないなら、最高位の神官なのだから来てくださいと命じるつもりでした」

「ほう……正直でよろしい……。　いや、あまりよろしくない」

今のところ、エルディーナの神官にされたメリットよりデメリットのほうがはるかに大きい。

それで、私は早速、隣の神殿に入ろうとしたのだけど――

「あっ、手を清めて、それから煙を体に浴びて、神殿入り口前の回廊を反時計回りに七周歩いて、一周するごとに賛歌を歌ってください」

「その手順、神官でも省略できないの……？」

「むしろ、神官だからこそ率先してやってください」

これ、ムルムルは仕込み中じゃなくても来なかったな。

あと、ムルムルが断ると考えて、この女神も私が帰宅してきた時に言いに来たな。

賛歌を歌ってる間に、私のやる気はほぼ地に落ちていたが、今更辞退すると言いだすエネルギーのほうがはるかに大きいので諦めて、神殿の中に入った。

神殿に入ると、すぐ足下にそいつはいた。

カエルだった。

「おお、緑のきれいなやつだ」

「平気なんですか？　カエルですよ？　種類によっては猛毒があって、その毒を矢に塗り込んだりするような動物ですよ？」

「それ、怖がり方に関する情報としてはおかしいだろ」

だいたい、私も怖がったら、来た意味ないぞ。

「このへんのカエルに毒はないから。魔女の私が言うんだから間違いない」

ちょくちょく実験で使うからな。あまり無益な殺生はよくないが、生贄としてのカエルはまだ一定の需要がある。

「は、早く出してください！」

エルディーナは壁から顔だけこっちに出している。

私はカエルをつかんだ。

「ウニャ～～～～～～～～～～！」

「おっ、猫っぽく鳴くやつだ。レアなやつ！」

「どうでもいいですから、早く出してください！」

私はさっさとカエルをリリースした。もう、あまり神殿には入るなよ。

「助かりました。さすが最高位の神官ですね」

「強制的にされただけだけどね……」

給料がちゃんと出るなら、論文の肩書に、『エルディーナ神殿最高位神官』と書くけど無償だからなあ……。

「それと……カエルがいた神殿にしばらく戻りたくないんで、そっちの家にお邪魔させてもらっていいです？」

「うん、好きにして……」

NYAaaaa!

私は神に素直に従うことにした。

「にしても、カエルが出てきたってことは、すっかり春だな」

私はエルディーナが淹れてくれた祀茶を飲んで一息ついてから、言った。

ポスドクになってから数え切れない（正確には数えたくない）ほどの春を見てきているから、さほどの感慨はないが、冬の寒さよりはマシだ。

「わたくしとしては、虫の数も増えてくるので、あんまりうれしくないんですが……。ところで、この土地ではお花見はしないんですか？」

あまり聞き慣れないことを言われた。

「花見？　そりゃ、花を見る文化ぐらいあるけど。バラとか」

「いえ、庭園などでバラを見るというのとは違って、お花の下で宴会をする行事のことです。豊穣の女神であるわたくしの神殿の近くでは、それはそれは多くの方々が花見を楽しんでいたものです」

「豊穣の女神なのにカエル一匹で大騒ぎしたの？」

「聞こえません」

都合が悪いことなので、無視された。

「似たようなものは、アトランティス大陸だけでなく、わたくしが前にいた土地でもありましたし、どこにでもある文化だと思ったんですが、このあたりには根付いてないのですね」

マクセリアではそんな話はあまり聞かないな。

「屋外の宴会か。ムルムルは知ってる？」

私はいまだに巨大鍋をかき混ぜているムルムルに呼びかけた。

ムルムルの知識はアトランティス大陸全般に及ぶわけではなくて、かなりの偏りがある。

「花見か……。端的に言うと、ろくなものじゃないのう……」

ダイニングからでもげんなりした顔が見えた。

「あなたは参加したこともないはずなのに、なんでそんな拒否反応を示してるんですか？」

エルディーナが不思議そうな顔をした。

たしかに本だったムルムルが経験をしているわけがない。

「余の五十三ページに書いてあるのじゃ。『春の嫌なもの。まず、花見。頭の空っぽなリア充どもが花の下に集まって、大声で騒ぎまくっている。花を愛でるという気持ちはかけらも持ち合わせていない。騒ぐだけなら、建物の中で勝手に騒げばいいだろうが。カスめ』とな」

「著者がかなりこじらせてる！」

でも、ムルムルの著者は孤独な人間だったはずなので、宴会まがいのものは嫌いで当然かもしれない。

私も、もし周囲がまともなポストについてる研究者ばかりの宴会に招かれていたら……。

とてもじゃないけど、楽しく過ごせる自信がない。

「ああ、春とか、とっとと終わらないかな……」

「ちょっと！　エルディーナ神殿に仕える神官が春を呪わないでください！」

「けど、なかなか研究者生活的には、冬が終わらないし……」

「ああ！　暗い、暗い、暗い！　春なのに、そんなんじゃダメです！」

エルディーナが叫んだ。

「いいですか？　気持ちが暗くなってくると、現実も暗くなってくるんです！　もっと、楽しく健やかに生きましょう！　カビが生える季節には早いです！」

「カエルも楽しく健やかに生きてるかもしれないよ」

「聞こえません」

「だから、聞こえてるだろ！」

「わたくしが豊穣の女神としてお花見を開催します！　差し当たって、神殿付近の木々を力業で開花させます！　今度の休日は皆様お誘い合わせの上、料理やお酒を用意して、お越しください！」

エルディーナはそう言うと、ずんずんとやけに大きな足音を立てて帰っていった。

神様といっても、あまりおしとやかではない。

「ムルムル、どうする？」

「やるしかないじゃろ。あやつは強引じゃからの」

思いのほか、ムルムルに拒否の色はなかった。それを見て、ちょっと安心した。

「そうだね。それに、花がたくさん咲くなら、なかなか綺麗だろうし」

研究室のみんなを呼ぶぐらいなら、いいか。どこかの大学や博物館への就職決まりましたって奴も誰もいないし。それはそれで研究室に救いがないが……。

すると、さっきより小さな足音で、こそこそとエルディーナが戻ってきた。

「すいません、カエルが壁にへばりついているので、逃がしてくださいませんか？」

そんなすぐ戻ってくるなら、勢いつけて帰らなければいいのに……。

★

私は早速、研究室に行くと、お花見というものについて説明した。

「ほほう、先輩、オッドリー王国の春の儀礼まで知ってるとはなかなかやりますね」

ハスカーンに変な褒め（ほ）られ方をした。

そうか、古代文明語の研究者は類似した行事を知っているのか。

「やはり、進化を止めないポスドク六十年選手ですね」

「それ以上言ったら出禁だからな」

研究室の反応はおおかた良好のようで、かなりの出席者が見込めそうだった。

研究室の壁に貼った出欠予定表には、「行けたら行く」の欄にたくさん名前が書かれてあった。

いや、これ、本当にみんな来るのか？　結局来ませんでしたってオチにならないか？

あと、イシハンヌ教授がその表を見て、違う理由で憂鬱なため息をついた。

「本当に、休日の予定が空いてる子の率が高いのよねえ……」

「言わないでください」

研究に生涯を懸ける層が多いのは、研究者にとっては、それはそれで幸せなのだ。……多分。

★

そして、お花見当日。

私はゆさゆさとムルムルに体を揺すぶられて目覚めた。

「ん？　何？　ムルムルはカエルも怖くないよね？」

「そんなんじゃないわ。外がえらいことになっておるぞ！」

私は窓から外をのぞいた。豪雨でも来てるのか？　けど、雨音はしないし――

外は赤や青や黄色の花で埋め尽くされていた。

百花繚乱（ひゃっかりょうらん）という表現がぴったり当てはまる。とにかく、色がちかちかして、目が変になりそうなほどだ。朝もまだ早い時間なのに、祭りの光景を見ているようである。

「えっ？　このへん、こんなに花が咲くわけないんだけど……」

窓の向こうで誰かが手を振っていた。

すぐにエルディーナだとわかった。

なるほど。神の力を使えば、これぐらいは造作もないのか。

なのに、カエルはどうにもできないんだな……。

私はすぐに外に出た。ムルムルもそれに続く。

その光景に目も覚めていた。近づいて見ると、もっと鮮やかだ。

「おはようございます。久しぶりに神らしい力を使いました。なかなかの絶景でしょう？　映（ば）えるでしょう？」

なんだ、「ばえる」って？

「うん、エルディーナって神だったなって思い出したよ」

「隣に同じくじゃ」

「わたくしが謙遜（けんそん）するのはいいですが、それに同調するのは無礼ですよ！」

しかし、カエルだけでいちいち呼び出されたりしてたしなあ……。

「これだけではありません。こんなものも用意しました」

エルディーナの足下には紙でできたランプみたいなものがあった。色がついていて、やけにカラフルだ。

「祭りの時にはこれを木に吊るすんです。アトランティス大陸ではそうでした。いえ……そのあとの文明の風習でしたっけ……？」

記憶が曖昧だな……。やっぱり、個人だけの記憶に頼って、歴史を再構築するのは危ういな……。

「そしたら、これも魔法でちゃちゃっとつけていくのじゃな」

「いえ、それはわたくしのご利益の範囲外なので、飾りつけを手伝ってください」

「やれること、限定的じゃな！」

しょうがない。やるだけやってみよう。

私は魔法でぷかぷか浮きながら、そのランプみたいなもの——チョーチンというらしい——を木の枝に取り付けていった。

「おお、そなた、浮けるのじゃな」

「ぷかぷか浮くだけで、高速で移動したりはできないんだけどね」

魔法が使えるからといって、何でもかんでも自由にやれるわけではないのだ。その点、エルディーナと大差ないかもしれない。神と大差ないと言ったら罰が当たるだろうか？

ただ、いくつかつけたところで、エルディーナが「あ、そうだ！」と声を上げた。

周囲の木の枝がするすると降りてきて――色つきランプについてる紐（ひも）の中を通っていく。

「わたくしが動かなくても、木のほうを動かしたら、取り付けできました」

「やっぱり神はチートだ……」

「問題なさそうじゃし、余たちは朝食に戻ろう。朝はパンじゃ」

私はさっとムルムルのおでこに手を置いた。

「熱はないか」

「何をしておる？」

「ラメーンじゃない朝食とか、何かあるのかなって」

「ほかの作業で手間取って間に合わなかっただけじゃ！　そんな日もある！」

できれば朝は今後もパン主体でいいんだが。

私とムルムルはパンをかじりながら、エルディーナの飾りつけを見学した。といっても、動いてるのはエルディーナのほうじゃなくて、木のほうだけど、それはそれで珍しかった。

だんだん日が高くなってきたぞという頃合いになって、ぞろぞろと研究室のメンバーがやってきた。「行けたら行く」でもちゃんと来るんだな。

全体的に荷物が多い。

とくにハスカーンは何かの刑罰のように、両手に袋を提げている。

「先輩、大量にお酒を持ってきました。今日は朝から酔いましょう。今日の研究は中止です！」

「その心意気は買うけど、花が咲き誇ってるんだから、そっちの感想がまず一言ほしい」

修士や博士の、まだポスドクになってない後輩たちが布を足下に敷きだした。中には、「私、卒論、花の宴会の考察だったんですよ」という修士の子もいて、その子の知識で飾りつけの幕みたいなのも張られた。

「だんだんと派手になってきた……。ムルムルが最初、拒否反応示した理由もわかる。騒ぐ奴いそうだもんな」

「先輩、独り言言ってないで座ってください。お酒つぎますから」

ハスカーンに促されて、私も布の上に座った。

エルディーナはイシハンヌ教授とあいさつをしていた。神だけど、ごく普通に宴会に交じって大丈夫らしい。

いや、本当に大丈夫なのか……？

ちょっと様子をうかがおう。

「はじめまして、わたくし、エルディーナ神の関係でこちらに引っ越してきたエルディーナと申します」

不自然な同名設定！

「ほほう、神と同じ名前なんですね。古代文明語研究室のイシハンヌです」

あの説明でも、どうにかなるんだ……。

そうしてよそ見をしているうちに、私のコップに酒が大量に入れられていた。

「はい、先輩、記念すべき今日の一杯目ですよ、どうぞ、どうぞ」

「まだ朝九時ぐらいだけど………まっ、いいか。宴会だしな」

私はぐいっと一杯飲み干した。

「うあ～、度が強い！　でも、それがいい！」

「そうです！　日頃のウサも今日は忘れましょう！　今日はみんなが教授です！」

「おい！　いちいち思い出しちゃうこと言うな！」

「じゃあ、お詫(わ)びにまた一杯」

次の一杯がつがれた。

「まあ、お酒があれば七難隠すって諺(ことわざ)にあった気がするしな……」

色とりどりの花を眺めながら、また酒を飲み干した。

あっ、朝から飲む酒って、謎の罪悪感のせいで三倍美味(うま)いかも……。

ただ、今の私はあんまり一人で盛り上がってるわけにもいかない。

ムルムルはどこで何をしてるんだ？

ぱっと見、座ってお酒を飲んでる様子はない。

まさか、宴会は嫌いだから土壇場で参加をやめて、家に戻ってたりするのか？

それは、いくら花見に対するマイナスイメージが、文字通りムルムルの中に書き込まれているとしても、悲しい気がする。

余計なお世話でも、一度は一緒に参加しようと言わないと。

そして、私が立ち上がったのと同時に、家の後ろから何かが出てきた。

大がかりな荷車みたいなものをムルムルが引いている。

それから、小型モノリスをごちゃごちゃいじっている。

なんか、呑気なラッパみたいな音楽が流れてきた。

「あ～、お酒の〆にはラメーン、お酒の〆にはラメーン。昔なつかし屋台のラメーンじゃ～」

手間取ってた作業って、これのことか！

研究室のメンバーもごく普通に「ムルムルさんだ」「ムルムルさんらしいよね」などと受け入れている。ちょくちょく大学にも来てるし、ムルムルも正式に聴講生になってるしな。

「アルルカも一杯食べていかんか？　酒の入った胃に炭水化物がしみわたるのじゃ」

「〆にしても早すぎる。開始二時間は早い！」

それでも、単純にラメーンを食べに研究室のメンバーがやってきたので、その屋台はそれなりに繁盛した。

私もムルムルの横で手伝う。

いつのまにか、私もラメーンの扱いが上手になっていた。

「これ、全部手作り？　だとしたら、工作技術すごいな」

「余が作ったのはごく一部じゃがな……。その……普通に花見で盛り上がるというのは……」

ムルムルは顔を背けて、それから小声でこう続けた。

「なんか癪じゃったのでな……」

「ああ、はいはい。わかった、わかった」

私はムルムルの頭を撫でた。

「子供扱いするでない！」

だって、素直に参加するのが恥ずかしいから、照れ隠しでこんな準備をしてるなんて、それは子供だろう。

いや。

私は笑ったり、酒を飲んだりしている研究室の面々を眺めた。

研究ではメシが食えないってわかっていながら、この研究室に骨を埋めてるここの連中は、みんな子供みたいなものか。

「子供万歳だな。子供のまま生き抜いてやる」

「何の話かようわからんが、そなた、いい顔をしておるな」

「宴会の席だし、吹っ切れた」

ほら、前を向くと、花盛りの下、子供たちが楽しそうに飲んだくれている。

つまらなそうな顔をして大人をやるより、よっぽどこっちのほうが健康的だ。

「ねえ、この屋台とかいうの、ムルムルだけで作ったんじゃないとしたら、誰がやったの？」

エルディーナが木でもくれたんだろうか。

「あやつが二台目も作ってくれたのじゃ」

ムルムルが指差した先にはキリューが似たような荷車を引いていた。

「カリリの出張販売やってるわよ。春の風物詩カリリをどうぞ～」

絶対にそんな風物詩はない。

「それと、今日は香辛料（こうしんりょう）チキンもあるわ」

新商品も増えている……。

カリリの香りが花の香りに混じってきて、だんだんとカオスになってきた。

でも、このあたりで花見の風習なんてないし、カオスなぐらいでちょうどいい。

花見は昼を過ぎても、だらだらと続いた。

かなりお酒が入ったけど、案外酔いつぶれないものだ。

あくまでも、私の場合は。

「だ～か～ら～、エトセメ大学の奴らの神聖語解釈はおかしいんですって～。なんですか、前の学会の報告は！　あんなん、ハスカーンのほうが一億万倍マシです！」

「ハスカーン、その話、今日だけで三回聞いた」

「わかってます。今日は合計七回話します」

「酔ってないのに繰り返すのかよ」

ハスカーンが持ってきたお酒は美味いが、話は不味いな……。

「同じ研究してる奴がいるだけいいじゃない。ジオネット神の神官なんてワタシだけよ！」

そこに赤い顔をしたキリューが割り込んできた。

「そりゃ、世界で一人しかやってない学問だったら成立しませんから。信仰とは違うんで」

ハスカーン、他人には冷たいな……。

さて、ハスカーンの話し相手ができたところで、ちょっとハスカーンからは離脱しよう。

教授は修士たちに「あなたなら、すぐ教授になれるわ。私が断言する」と根拠のない褒め殺しを展開していた。あれ、花見でもやるんだな……。信用して、博士に進んで就職先なくても、責任取ってくれないぞ。

それはいいとして、またムルムルの姿が目につかない。

もし、酔いつぶれていたりしたら、私が介抱しなければ。

大昔から存在しているといっても、体は小さいからな。限界の酒量も知れているだろう。

しかし、どこにもムルムルがいない。

家に戻って寝てるのかと思ったところに、足に何か硬いものがぶつかった。

『虚無の書』が布の上にぽつんと置いてあった。

はっとして、私は『虚無の書』を抱えて、家の裏に回り込んだ。

「ムルムル、ムルムル！」

本に向かって、その名前を呼ぶ。

『虚無の書』がぱっと、ムルムルになった。

「ああ、怖かった……。何事かと思った……」

「いやあ……酔いすぎて、本に戻ってしもうたわ……。失敗、失敗じゃ」

ムルムルはたしかに言葉のとおり、ふらつき気味だ。

「こんな人数が多い場所でバレると、クリティカルなピンチになるから気をつけて！」

しっかりとムルムルの手を握って、花見のほうに戻る。

それから、私は座って、膝の上にムルムルを乗せた。

「アルルカに介抱されるのは恥ずかしいわい。余がそなたの母親役をやるつもりじゃったのに」

「母親を介抱する子供がいてもおかしくない。親孝行」

「……それもそうじゃの」

ムルムルも私の説明を受け入れてくれたらしい。小さな人差し指で左の頰をかいた。

宴会は、寝落ちしているメンツもいるのに、相変わらずうるさい。

少し前まで私しか住んでなかった泪の森がこうも変わるか。

すべては、これも私が『虚無の書』と偶然出会ったせいだ。

でも、あえて今は必然と考えてやろう。

私がポスドクを諦めずに続けていなかったら『虚無の書』と出会うことだってなかったのだ。で、私が研究を辞めることはありえなかった。

だから、すべては必然だ。

「ありがとう、ムルムル」

「なんで、今言われたのかようわからん」

ムルムルは首をかしげた。

「感謝の言葉はいつ言ったっていいんだよ」

その時、うるさいというより、もっと耳をつんざく悲鳴が聞こえてきた。

「なんじゃ、なんじゃ？」

ムルムルもその声に酔いが醒めたらしい。

奥からエルディーナが飛び出してきた。

「出たんです、カエルが！　カエルが！」

まあ、これだけうるさければ冬眠しているカエルも起きてくるだろう。

エルディーナが座っていたあたりに行くと、一匹のカエルが逃げずにじっとしていた。カエル側に怖がられる覚えはないだろうしな。

私はそのカエルをつかむ。

カエルは「ウニャ〜〜〜〜〜〜〜〜〜〜〜〜〜〜〜！」と猫みたいな声で鳴いた。

あとがき

はじめまして、あるいは「若者の黒魔法離れ～」を読んでくださっていた方はお久しぶりです、森田季節（もりたきせつ）です！

前作の「若者の黒魔法離れ～」から続いて、魔法使いのお話です！

ただ、「若者の黒魔法離れ～」は学校を出てから就活で苦しんで、ホワイトな会社に入った魔法使いの話でしたが、今作は学校内部であがいている魔法使いの話です！

学生生活を書いたライトノベルはたくさんあると思いますが、おそらく大学の研究室の生活を書いた小説はそこまでないと思います。魔法使いたちの研究室生活を楽しんでいただければ幸いです！

イラストを担当してくださった華若葉（はなわかば）先生、素晴らしいイラストを本当にありがとうございます！

この作品の主人公アルルカはどこかうだつの上がらない女子なので、普通のイラストとは違った要望を出してご迷惑をおかけしたと思います……（笑）。アルルカ含め、どのキャラもかわいいです！

また、ウェブの「水曜日はまったりダッシュエックスコミック」で福袋あけ美先生のコミカライズが連載されています！　元々、漫画と相性のいいお話だと思いますので、こちらもぜひごらんください！

以下、主に、先にあとがきを読む方のためにどんな話かを説明していきます。普通、謝辞や宣伝はあとがきの後ろに来るのですが、説明が長くなるので逆にしました。

さて、皆様、ポスドクという言葉をご存じでしょうか？

これはポストドクターの略です。

大学院で博士号を取得したものの、そこから先の研究者としての就職先がない人のことです。だいたい、研究室に居残って就職場所を探しています。

この小説は当然フィクションですが、作者の森田はまさにこの大学院に在籍していたことがあり、その時の経験を元にして書いております。

森田が大学院に進学した頃、いわゆる就職氷河期は終わっていました。そのはずなんですが、まだまだ就活する側には厳しい空気が残ってまして、まして大学院に進むのは相当のリスクだと認識されていました。

もっとも、大学院に進んだばっかりの時は「研究者として生きていくから一般の企業などの就活など関係ない！」とみんな思っているわけです。

で、院に進んだ半数以上が数か月のうちに「自分に研究者として生きていく能力は足らなかった」と自覚して、絶望するわけです。

ここまでテンプレートで、森田も見事にそのテンプレートにはまりました……。

もっとも、こういう挫折の早い人間はある程度の期間が過ぎれば、強引に就職活動をして、どこかの会社に潜り込んで研究室から去っていくので、ある意味では幸せなのです。森田も研究者としては一切功績を残せなかったものの、就職はできました。

むしろ怖いのは――

高い能力があるのが明らかで論文も発表しまくってるのに、まったく就職できずに研究室でずっとポスドクをやっている人が多数いることでした……。

どこの大学も博物館もたいていの役職は埋まってますし、世間的にそういう役職は減らす時代だったので、能力があっても就職できない実力者がたまっていたのです。

森田が研究室に在籍していた時代も、そんなポスドクがたくさんいました（本当はたくさんいたらダメなんだけど）。

一方で、独特の気の抜けた空気感があり、案外楽しくもありました。とくに連日連夜、遅くまであでもないこうでもないと話をしていたのは本当にいい思い出です。

というか、いい思い出が何もなかったら、この小説書けません……。

そんなポスドクで苦しんでた人の大半も今ではかなり偉くなっていて、ベストセラーの新書を出した人なんかもいます。

幸せなことだと思う一方で、逆に言うと、そんな能力ある人すら就職させなかったぐらい採用側に見る目がなかったり、就職場所そのものがなかったのだな……と。能力のある人が報われてくれる時代になってほしいです。


苦労しつつも、今の生活をそれなりに楽しんでいる——つまりある意味リアルが充実していると言えなくもない魔女たちの生活を楽しんでいただければ幸いです！

では、またお会いしましょう！


最後にもう一度。

コミカライズも本当にレベルが高いので、絶対読んでください！　自信を持っておすすめします！

ダッシュエックス文庫

昨日、助けていただいた魔導書です

森田季節

2020年3月30日　第1刷発行

★定価はカバーに表示してあります

発行者　北畠輝幸
発行所　株式会社　集英社
〒101−8050　東京都千代田区一ツ橋2−5−10
03(3230)6229(編集)
03(3230)6393(販売／書店専用) 03(3230)6080(読者係)
印刷所　株式会社美松堂／中央精版印刷株式会社

ISBN978-4-08-631359-9 C0193